U0439850
9787806940884

老子曰：『幸矣，子之不遇治世之君也！夫六经，先王之陈迹也，岂其所以迹哉！今子之所言，犹迹也。夫迹，履之所出，而迹岂履哉！夫白鶂之相视，眸子不运而风化；虫，雄鸣于上风，雌应于下风而风化。类自为雌雄，故风化。性不可易，命不可变，时不可止，道不可壅。苟得于道，无自而不可；失焉者，无自而可。』

孔子不出三月，复见，曰：『丘得之矣。乌鹊孺，鱼傅沫，细要者化，有弟而兄啼。久矣夫丘不与化为人！不与化为人，安能化人！』

老子曰：『可，丘得之矣！』

## 刻意第十五

刻意尚行，离世异俗，高论怨诽，为亢而已矣；此山谷之士，非世之人，枯槁赴渊者之所好也。语仁义忠信，恭俭推让，为修而已矣；此平世之士，教诲之人，游居学者之所好也。语大功，立大名，礼君臣，正上下，为治而已矣；此朝廷之士，尊主强国之人，致功并兼者之所好也。就薮泽，处闲旷，钓鱼闲处，无为而已矣；此江海之士，避世之人，闲暇者之所好也。吹呴呼吸，吐故纳新，熊经鸟申，为寿而已矣；此道引之士，养形之人，彭祖寿考者之所好也。

若夫不刻意而高，无仁义而修，无功名而治，无江海而闲，不道引而寿，无不忘也，无不有也，淡然无极而众美从之。此天地之道，圣人之德也。

故曰：夫恬淡寂漠，虚无无为，此天地之平而道德之质也。故圣人休焉，休则平易矣，平易则恬淡矣。平易恬淡，则忧患不能入，邪气不能袭，故其德全而神不亏。

故曰：圣人之生也天行，其死也物化；静而与阴同德，动而与阳同波；不为福先，不为祸始；感而后应，迫而后动，不得已而后起。去知与故，循天之理。故无天灾，无物累，无人非，无鬼责。其生若浮，其死若休。不思虑，不豫谋。光矣而不耀，信矣而不期。其寝不梦，其觉无忧。其生若浮，其死若休。其神纯粹，其魂不罢。虚无恬淡，乃合天德。

故曰：悲乐者，德之邪；喜怒者，道之过；好恶者，德之失。故心不忧乐，德之至也；一而不变，静之至也；无所于忤，虚之至也；不与

物交，淡之至也；无所于逆，粹之至也。故曰：形劳而不休则弊，精用而不已则劳，劳则竭。

水之性，不杂则清，莫动则平；郁闭而不流，亦不能清，天德之象也。故曰：纯粹而不杂，静一而不变，惔而无为，动而以天行，此养神之道也。夫有干越之剑者，柙而藏之，不敢用也，宝之至也。精神四达并流，无所不极，上际于天，下蟠于地，化育万物，不可为象，其名为同帝。

纯素之道，唯神是守；守而勿失，与神为一；一之精通，合于天伦。野语有之曰：『众人重利，廉士重名，贤士尚志，圣人贵精。』故素也者，谓其无所与杂也；纯也者，谓其不亏其神也。能体纯素，谓之真人。

## 缮性第十六

缮性于俗学，以求复其初；滑欲于俗思，以求致其明。谓之蔽蒙之民。

古之治道者，以恬养知。知生而无以知为也，谓之以知养恬。知与恬交相养，而和理出其性。夫德，和也；道，理也。德无不容，仁也；道无不理，义也；义明而物亲，忠也；中纯实而反乎情，乐也；信行容体而顺乎文，礼也。礼乐偏行，则天下乱矣。彼正而蒙己德，德则不冒。冒则物必失其性也。

古之人，在混芒之中，与一世而得淡漠焉。当是时也，阴阳和静，鬼神不扰，四时得节，万物不伤，群生不夭，人虽有知，无所用之，此之谓至一。当是时也，莫之为而常自然。

逮德下衰，及燧人、伏羲始为天下，是故顺而不一。德又下衰，及神农、黄帝始为天下，是故安而不顺。德又下衰，及唐、虞始为天下，兴治化之流，浇淳散朴，离道以善，险德以行，然后去性而从于心。心与心识知而不足以定天下，然后附之以文，益之以博。文灭质，博溺心，然后民始惑乱，无以反其性情而复其初。

由是观之，世丧道矣，道丧世矣，世与道交相丧也。道之人何由兴乎世，世亦何由兴乎道哉！道无以兴乎世，世无以兴乎道，虽圣人不在山林之中，其德隐矣。

隐，故不自隐。古之所谓隐士者，非伏其身而弗见也，非闭其言而不出也，非藏其知而不发也，时命大谬也。当时命而大行乎天下，则反一无迹；不当时命而大穷乎天下，则深根宁极而待。此存身之道也。

古之存身者，不以辩饰知，不以知穷天下，不以知穷德，危然处其所而反其性已，又何为哉！道固不小行，德固不小识；小识伤德，小行伤道。故曰：正己而已矣。乐全之谓得志。

古之所谓得志者，非轩冕之谓也，谓其无以益其乐而已矣。今之所谓得志者，轩冕之谓也。轩冕在身，非性命也；物之傥来，寄者也。寄之，其来不可圉，其去不可止。故不为轩冕肆志，不为穷约趋俗，其乐彼与此同，故无忧而已矣。今寄去则不乐，由是观之，虽乐，未尝不荒也。故曰：丧己于物，失性于俗者，谓之倒置之民。

## 秋水第十七

秋水时至，百川灌河，泾流之大，两涘渚崖之间，不辩牛马。于是焉河伯欣然自喜，以天下之美为尽在己。顺流而东行，至于北海，东面而视，不见水端。于是焉河伯始旋其面目，望洋向若而叹曰：『野语有之曰：「闻道百，以为莫己若者。」我之谓也。且夫我尝闻少仲尼之闻而轻伯夷之义者，始吾弗信。今我睹子之难穷也，吾非至于子之门则殆矣，吾长见笑于大方之家。』

北海若曰：『井蛙不可以语于海者，拘于虚也；夏虫不可以语于冰者，笃于时也；曲士不可以语于道者，束于教也。今尔出于崖涘，观于大海，乃知尔丑，尔将可与语大理矣。天下之水，莫大于海，万川归之，不知何时止而不盈；尾闾泄之，不知何时已而不虚；春秋不变，水旱不知。此其过江河之流，不可为量数。而吾未尝以此自多者，自以比形于天地，而受气于阴阳。吾在天地之间，犹小石小木之在大山也。方存乎见少，又奚以自多！计四海之在天地之间也，不似礨空之在大泽乎？计中国之在海内不似稊米之在太仓乎？号物之数谓之万，人处一焉；人卒九州，谷食之所生，舟车之所通，人处一焉。此其比万物也，不似豪末之在于马体乎？五帝之所连，三王之所争，仁人之所忧，任士之所劳，尽此矣！伯夷辞之以

为名，仲尼语之以为博。此其自多也，不似尔向之自多于水乎？』

河伯曰：『然则吾大天地而小豪末，可乎？』

北海若曰：『否。夫物，量无穷，时无止，分无常，终始无故。是故大知观于远近，故小而不寡，大而不多，知量无穷。证向今故，故遥而不闷，掇而不跂，知时无止。察乎盈虚，故得而不喜，失而不忧，知分之无常也。明乎坦涂，故生而不说，死而不祸，知终始之不可故也。计人之所知，不若其所不知；其生之时，不若未生之时；以其至小，求穷其至大之域，是故迷乱而不能自得也。由此观之，又何以知毫末之足以定至细之倪，又何以知天地之足以穷至大之域！』

河伯曰：『世之议者皆曰：「至精无形，至大不可围。」是信情乎？』

北海若曰：『夫自细视大者不尽，自大视细者不明。夫精，小之微也；垺，大之殷也；故异便，此势之有也。夫精粗者，期于有形者也；无形者，数之所不能分也；不可围者，数之所不能穷也。可以言论者，物之粗也；可以意致者，物之精也；言之所不能论，意之所不能察致者，不期精粗焉。



『是故大人之行，不出乎害人，不多仁恩；动不为利，不贱门隶；货财弗争，不多辞让；事焉不借人，不多食乎力，不贱贫污；行殊乎俗，不多辟异；为在从众，不贱佞谄；世之爵禄不足以为劝，戮耻不足以为辱；知是非之不可为分，细大之不可为倪。闻曰：「道人不闻，至德不得，大人无己。」约分之至也。』

河伯曰：『若物之外，若物之内，恶至而倪贵贱？恶至而倪小大？』

北海若曰：『以道观之，物无贵贱；以物观之，自贵而相贱；以俗观之，贵贱不在己。以差观之，因其所大而大之，则万物莫不大；因其所小而小之，则万物莫不小。知天地之为稊米也，知毫末之为丘山也，则差数睹矣。以功观之，因其所有而有之，则万物莫不有；因其所无而无之，则万物莫不无。知东西之相反而不可以相无，则功分定矣。以趣观之，因其所然而然之，则万物莫不然；因其所非而非之，则万物莫不非。知尧、桀之自然而相非，则趣操睹矣。

『昔者尧、舜让而帝，之、哙让而绝；汤、武争而王，白公争而灭。由此观之，争让之礼，尧、桀之行，贵贱有时，未可以为常也。梁丽可以冲城而不可以窒穴，言殊器也；骐骥骅骝一日而驰千里，捕鼠不如狸狌，言殊技也；鸱鸺夜撮蚤，察毫末，昼出瞋目而不见丘山，言殊性也。故曰：盖师是而无非，师治而无乱乎？是未明天地之理，万物之情者也。是犹师天而无地，师阴而无阳，其不可行明矣。然且语而不舍，非愚则诬也。帝王殊禅，三代殊继。差其时、逆其俗者，谓之篡夫；当其时，顺其俗者，谓之义之徒。默默乎河伯！女恶知贵贱之门、小大之家！』

河伯曰：『然则我何为乎？何不为乎？吾辞受趣舍，吾终奈何？』

北海若曰：『以道观之，何贵何贱，是谓反衍；无拘而志，与道大蹇。何少何多，是谓谢施；无一而行，与道参差。严乎若国之有君，其无私德；繇繇乎若祭之有社，其无私福；泛泛乎其若四方之无穷，其无所畛域。兼怀万物，其孰承翼？是谓无方。万物一齐，孰短孰长？道无终始，物有死生，不恃其成；一虚一满，不位乎其形。年不可举，时不可止；消息盈虚，终则有始。是所以语大义之方，论万物之理也。物之生也，若骤若驰。无动而不变，无时而不移。何为乎？何不为乎？夫固将自化。』

河伯曰：『然则何贵于道邪？』

北海若曰：『知道者必达于理，达于理者必明于权，明于权者不以物害己。至德者，火弗能热，水弗能溺，寒暑弗能害，禽兽弗能贼。非谓其薄之也，言察乎安危，宁于祸福，谨于去就，莫之能害也。故曰：「天在内，人在外，德在乎天。」知天人之行，本乎天，位乎得，蹢躅而屈伸，反要而语极。』

曰：『何谓天？何谓人？』

北海若曰：『牛马四足，是谓天；落马首，穿牛鼻，是谓人。故曰：「无以人灭天，无以故灭命，无以得殉名。谨守而勿失，是谓反其真。」』

夔怜蚿，蚿怜蛇，蛇怜风，风怜目，目怜心。

夔谓蚿曰：『吾以一足趻踔而行，予无如矣。今子之使万足，独奈何？』

蚿曰：『不然。子不见夫唾者乎？喷则大者如珠，小者如雾，杂而下

者不可胜数也。今予动吾天机，而不知其所以然。』

蚿谓蛇曰：『吾以众足行，而不及子之无足，何也？』

蛇曰：『夫天机之所动，何可易邪？吾安用足哉！』

蛇谓风曰：『予动吾脊胁而行，则有似也。今子蓬蓬然起于北海，蓬蓬然入于南海，而似无有，何也？』

风曰：『然。予蓬蓬然起于北海而入于南海也，然而指我则胜我，鰌我亦胜我。虽然，夫折大木，蜚大屋者，唯我能也，故以众小不胜为大胜也。为大胜者，唯圣人能之。』

孔子游于匡，卫人围之数匝，而弦歌不辍。子路入见，曰：『何夫子之娱也？』

孔子曰：『来！吾语女。我讳穷久矣而不免，命也；求通久矣而不得，时也。当尧、舜之时而天下无穷人，非知得也；当桀、纣之时而天下无通人，非知失也。时势适然。夫水行不避蛟龙者，渔父之勇也；陆行不避兕虎者，猎夫之勇也；白刃交于前，视死若生者，烈士之勇也；知穷之有命，知通之有时，临大难而不惧者，圣人之勇也。由处矣！吾命有所制矣！』

无几何，将甲者进，辞曰：『以为阳虎也，故围之；今非也，请辞而退。』

公孙龙问于魏牟曰：『龙少学先王之道，长而明仁义之行；合同异，离坚白；然不然，可不可；困百家之知，穷众口之辩；吾自以为至达已。今吾闻庄子之言，汒焉异之。不知论之不及与，知之弗若与？今吾无所开吾喙，敢问其方。』

公子牟隐机大息，仰天而笑曰：『子独不闻夫埳井之蛙乎？谓东海之鳖曰：「吾乐与！出跳梁乎井干之上，入休乎缺甃之崖。赴水则接腋持颐，蹶泥则没足灭跗。还虷蟹与科斗，莫吾能若也。且夫擅一壑之水，而跨跱埳井之乐，此亦至矣。夫子奚不时来入观乎？」东海之鳖左足未入，而右膝已縶矣。于是逡巡而却，告之海曰：「夫千里之远，不足以举其大；千仞之高，不足以极其深。禹之时，十年九潦，而水弗为加益；汤之时，八

年七旱，而崖不为加损。夫不为顷久推移，不以多少进退者，此亦东海之大乐也。」于是埳井之蛙闻之，适适然惊，规规然自失也。

『且夫知不知是非之竟，而犹欲观于庄子之言，是犹使蚊负山，商蚷驰河也，必不胜任矣。且夫知不知论极妙之言，而自适一时之利者，是非埳井之蛙与？且彼方跐黄泉而登大皇，无南无北，奭然四解，沦于不测；无东无西，始于玄冥，反于大通。子乃规规然而求之以察，索之以辩，是直用管窥天，用锥指地也，不亦小乎？子往矣！且子独不闻夫寿陵余子之学行于邯郸与？未得国能，又失其故行矣，直匍匐而归耳。今子不去，将忘子之故，失子之业。』

公孙龙口呿而不合，舌举而不下，乃逸而走。

庄子钓于濮水，楚王使大夫二人往先焉，曰：『愿以境内累矣！』

庄子持竿不顾，曰：『吾闻楚有神龟，死已三千岁矣。王巾笥而藏之庙堂之上。此龟者，宁其死为留骨而贵乎？宁其生而曳尾于涂中乎？』

二大夫曰：『宁生而曳尾涂中。』



庄子曰：『往矣！吾将曳尾于涂中。』

惠子相梁，庄子往见之。或谓惠子曰：『庄子来，欲代子相。』于是惠子恐，搜于国中三日三夜。

庄子往见之，曰：『南方有鸟，其名为鹓鶵，子知之乎？夫鹓鶵发于南海而飞于北海，非梧桐不止，非练实不食，非醴泉不饮。于是鸱得腐鼠，鹓鶵过之，仰而视之曰：「吓！」今子欲以子之梁国而吓我邪？』

庄子与惠子游于濠梁之上。庄子曰：『鯈鱼出游从容，是鱼之乐也。』

惠子曰：『子非鱼，安知鱼之乐？』

庄子曰：『子非我，安知我不知鱼之乐？』

惠子曰『我非子，固不知子矣；子固非鱼也，子之不知鱼之乐，全矣！』

庄子曰：『请循其本。子曰「汝安知鱼乐」云者，既已知吾知之而问我。我知之濠上也。』

## 至乐第十八

天下有至乐无有哉？有可以活身者无有哉？今奚为奚据？奚避奚处？奚就奚去？奚乐奚恶？

夫天下之所尊者，富贵寿善也；所乐者，身安厚味美服好色音声也；所下者，贫贱夭恶也；所苦者，身不得安逸，口不得厚味，形不得美服，目不得好色，耳不得音声。若不得者，则大忧以惧，其为形也亦愚哉！

夫富者，苦身疾作，多积财而不得尽用，其为形也亦外矣！夫贵者，夜以继日，思虑善否，其为形也亦疏矣！人之生也，与忧俱生，寿者惛惛，久忧不死，何苦也！其为形也亦远矣！烈士为天下见善矣，未足以活身。吾未知善之诚善邪，诚不善邪？若以为善矣，不足活身；以为不善矣，足以活人。故曰：『忠谏不听，蹲循勿争。』故夫子胥争之，以残其形；不争，名亦不成。诚有善无有哉？

今俗之所为与其所乐，吾又未知乐之果乐邪，果不乐邪？吾观夫俗之所乐，举群趣者，径径然如将不得已，而皆曰乐者，吾未之乐也，亦未之不乐也。果有乐无有哉？吾以无为诚乐矣，又俗之所大苦也。故曰：『至乐



无乐，至誉无誉。』

天下是非果未可定也。虽然，无为可以定是非。至乐活身，唯无为几存。请尝试言之：天无为以之清，地无为以之宁。故两无为相合，万物皆化生。芒乎芴乎，而无从出乎！芴乎芒乎，而无有象乎！万物职职，皆从无为殖。故曰：『天地无为也而无不为也。』人也孰能得无为哉！

庄子妻死，惠子吊之，庄子则方箕踞鼓盆而歌。

惠子曰：『与人居，长子、老、身死，不哭亦足矣，又鼓盆而歌，不亦甚乎！』

庄子曰：『不然。是其始死也，我独何能无概然！察其始而本无生；非徒无生也，而本无形；非徒无形也，而本无气。杂乎芒芴之间，变而有气，气变而有形，形变而有生，今又变而之死。是相与为春秋冬夏四时行也。人且偃然寝于巨室，而我噭噭然随而哭之，自以为不通乎命，故止也。』

支离叔与滑介叔观于冥伯之丘、昆仑之虚、黄帝之所休。俄而柳生其

左肘，其意蹶蹶然恶之。

支离叔曰：『子恶之乎？』

滑介叔曰：『亡，予何恶！生者，假借也；假之而生生者，尘垢也。死生为昼夜。且吾与子观化而化及我，我又何恶焉！』

庄子之楚，见空髑髅，髐然有形。撽以马捶，因而问之，曰：『夫子贪生失理而为此乎？将子有亡国之事、斧钺之诛而为此乎？将子有不善之行，愧遗父母妻子之丑而为此乎？将子有冻馁之患而为此乎？将子之春秋故及此乎？』

于是语卒，援髑髅，枕而卧。夜半，髑髅见梦曰：『子之谈者似辩士。视子所言，皆生人之累也，死则无此矣。子欲闻死之说乎？』

庄子曰：『然。』

髑髅曰：『死，无君于上，无臣于下，亦无四时之事，从然以天地为春秋，虽南面王乐，不能过也。』

庄子不信，曰：『吾使司命复生子形，为子骨肉肌肤，反子父母、妻子、







闾里、知识，子欲之乎？』

髑髅深颦蹙额曰：『吾安能弃南面王乐而复为人间之劳乎！』

颜渊东之齐，孔子有忧色。子贡下席而问曰：『小子敢问，回东之齐，夫子有忧色，何邪？』

孔子曰：『善哉汝问！昔者管子有言，丘甚善之，曰：「褚小者不可以怀大，绠短者不可以汲深。」夫若是者，以为命有所成而形有所适也，夫不可损益。吾恐回与齐侯言尧、舜、黄帝之道，而重以燧人、神农之言。彼将内求于己而不得，不得则惑，人惑则死。

『且女独不闻邪？昔者海鸟止于鲁郊，鲁侯御而觞之于庙，奏《九韶》以为乐，具太牢以为膳。鸟乃眩视忧悲，不敢食一脔，不敢饮一杯，三日而死。此以己养养鸟也，非以鸟养养鸟也。夫以鸟养养鸟者，宜栖之深林，游之坛陆，浮之江湖，食之鳅鲦，随行列而止，委蛇而处。彼唯人言之恶闻，奚以夫𫍲𫍲为乎！《咸池》、《九韶》之乐，张之洞庭之野，鸟闻之而飞，兽闻之而走，鱼闻之而下入，人卒闻之，相与还而观之。鱼处水而生，人处水而死。

彼必相与异，其好恶故异也。故先圣不一其能，不同其事。名止于实，义设于适，是之谓条达而福持。』

列子行，食于道从，见百岁髑髅，攓蓬而指之曰：『唯予与汝知而未尝死、未尝生也。若果养乎？予果欢乎？』

种有几，得水则为继，得水土之际则为蛙蠙之衣，生于陵屯则为陵舄，陵舄得郁栖则为乌足，乌足之根为蛴螬，其叶为胡蝶。胡蝶胥也化而为虫，生于灶下，其状若脱，其名为鸲掇。鸲掇千日为鸟，其名为干余骨。干余骨之沫为斯弥，斯弥为食醯。颐辂生乎食醯，黄軦生乎九猷，瞀芮生乎腐蠸，羊奚比乎不箰，久竹生青宁，青宁生程，程生马，马生人，人又反入于机。万物皆出于机，皆入于机。』

## 达生第十九

达生之情者，不务生之所无以为；达命之情者，不务知之所无奈何。养形必先之以物，物有余而形不养者有之矣；有生必先无离形，形不离而生亡者有之矣。生之来不能却，其去不能止。悲夫！世之人以为养形足以存生，而养形果不足以存生，则世奚足为哉！虽不足为而不可不为者，其为不免矣。

夫欲免为形者，莫如弃世。弃世则无累，无累则正平，正平则与彼更生，更生则几矣。事奚足弃而生奚足遗？弃事则形不劳，遗生则精不亏。夫形全精复，与天为一。天地者，万物之父母也。合则成体，散则成始。形精不亏，是谓能移；精而又精，反以相天。

子列子问关尹曰：『至人潜行不窒，蹈火不热，行乎万物之上而不栗。请问何以至于此？』

关尹曰：『是纯气之守也，非知巧果敢之列。居，予语汝！凡有貌象声色者，皆物也，物与物何以相远？夫奚足以至乎先？是形色而已。则物之造乎不形，而止乎无所化。夫得是而穷之者，物焉得而止焉！彼将处乎不淫之度，而藏乎无端之纪，游乎万物之所终始。壹其性，养其气，合其德，以通乎物之所造。夫若是者，其天守全，其神无郤，物奚自入焉！

『夫醉者之坠车，虽疾不死，骨节与人同而犯害与人异，其神全也。乘

亦不知也，坠亦不知也，死生惊惧不入乎其胸中，是故遻物而不慴。彼得全于酒而犹若是，而况得全于天乎？圣人藏于天，故莫之能伤也。』

仲尼适楚，出于林中，见痀偻者承蜩，犹掇之也。

仲尼曰：『子巧乎！有道邪？』

曰：『我有道也。五六月，累丸二而不坠，则失者锱铢；累三而不坠，则失者十一；累五而不坠，犹掇之也。吾处身也，若蹶株拘；吾执臂也，若槁木之枝。虽天地之大，万物之多，而唯蜩翼之知。吾不反不侧，不以万物易蜩之翼，何为而不得！』

孔子顾谓弟子曰：『用志不分，乃凝于神。其痀偻丈人之谓乎！』

颜渊问仲尼曰：『吾尝济乎觞深之渊，津人操舟若神。吾问焉，曰：「操舟可学邪？」曰：「可。善游者数能。若乃夫没人，则未尝见舟而便操之也。」吾问焉而不吾告，敢问何谓也？』

仲尼曰：『善游者数能，忘水也；若乃夫没人之未尝见舟而便操之也，彼视渊若陵，视舟之履，犹其车却也。覆却万方陈乎前而不得入其舍，恶往而不暇。以瓦注者巧，以钩注者惮，以黄金注者殙。其巧一也，而有所矜，则重外也。凡外重者内拙。』







田开之见周威公，威公曰：『吾闻祝肾学生，吾子与祝肾游，亦何闻焉？』

田开之曰：『开之操拔篲以侍门庭，亦何闻于夫子！』

威公曰：『田子无让，寡人愿闻之。』

开之曰：『闻之夫子曰：「善养生者，若牧羊然，视其后者而鞭之。」』

威公曰：『何谓也？』

田开之曰：『鲁有单豹者，岩居而水饮，不与民共利，行年七十而犹有婴儿之色，不幸遇饿虎，饿虎杀而食之。有张毅者，高门县薄，无不走也，行年四十而有内热之病以死。豹养其内而虎食其外，毅养其外而病攻其内。此二子者，皆不鞭其后者也。』

仲尼曰：『无入而藏，无出而阳，柴立其中央。三者若得，其名必极。夫畏涂者，十杀一人，则父子兄弟相戒也，必盛卒徒而后敢出焉，不亦知

乎！人之所取畏者，衽席之上，饮食之间，而不知为之戒者，过也！』

祝宗人玄端以临牢筴，说彘曰：『汝奚恶死？吾将三月豢汝，十日戒，三日齐，藉白茅，加汝肩尻乎雕俎之上，则汝为之乎？』为彘谋，曰不如食以糠糟而错之牢筴之中。自为谋，则苟生有轩冕之尊，死得于腞楯之上、聚偻之中则为之。为彘谋则去之，自为谋则取之，所异彘者何也？

桓公田于泽，管仲御，见鬼焉。公抚管仲之手曰：『仲父何见？』

对曰：『臣无所见。』

公反，诶诒为病，数日不出。齐士有皇子告敖者，曰：『公则自伤，鬼恶能伤公！夫忿滀之气，散而不反，则为不足；上而不下，则使人善怒；下而不上，则使人善忘；不上不下，中身当心，则为病。』

桓公曰：『然则有鬼乎？』

曰：『有。沈有履。灶有髻。户内之烦壤，雷霆处之；东北方之下者，倍阿、鲑蠪跃之；西北方之下者，则泆阳处之。水有罔象，丘有峷，山有夔，野有彷徨，泽有委蛇。』



公曰：『请问委蛇之状何如？』

皇子曰：『委蛇，其大如毂，其长如辕，紫衣而朱冠。其为物也，恶闻雷车之声则捧其首而立。见之者殆乎霸。』

桓公辴然而笑曰：『此寡人之所见者也。』于是正衣冠与之坐，不终日而不知病之去也。

纪渻子为王养斗鸡。十日而问：『鸡已乎？』

曰：『未也。方虚憍而恃气。』

十日又问，曰：『未也。犹应向景。』

十日又问，曰：『未也。犹疾视而盛气。』

十日又问，曰：『几矣。鸡虽有鸣者，已无变矣，望之似木鸡矣，其德全矣，异鸡无敢应者，反走矣。』

孔子观于吕梁，县水三十仞，流沫四十里，鼋鼍鱼鳖之所不能游也。见一丈夫游之，以为有苦而欲死也，使弟子并流而拯之。数百步而出，被发行歌而游于塘下。

孔子从而问焉，曰：『吾以子为鬼，察子则人也。请问，蹈水有道乎？』

曰：『亡，吾无道。吾始乎故，长乎性，成乎命。与齐俱入，与汩偕出，从水之道而不为私焉。此吾所以蹈之也。』

孔子曰：『何谓始乎故，长乎性，成乎命？』

曰：『吾生于陵而安于陵，故也；长于水而安于水，性也；不知吾所以然而然，命也。』

梓庆削木为鐻，鐻成，见者惊犹鬼神。鲁侯见而问焉，曰：『子何术以为焉？』

对曰：『臣，工人，何术之有！虽然，有一焉。臣将为鐻，未尝敢以耗气也，必斋以静心。斋三日，而不敢怀庆赏爵禄；斋五日，不敢怀非誉巧拙；斋七日，辄然忘吾有四枝形体也。当是时也，无公朝，其巧专而外滑消；然后入山林，观天性；形躯至矣，然后成见鐻，然后加手焉；不然则已。则以天合天，器之所以疑神者，其是与！』

东野稷以御见庄公，进退中绳，左右旋中规。庄公以为文弗过也。使之钩百而反。

颜阖遇之，入见曰：『稷之马将败。』公密而不应。

少焉，果败而反。公曰：『子何以知之？』

曰：『其马力竭矣，而犹求焉，故曰败。』

工倕旋而盖规矩，指与物化而不以心稽，故其灵台一而不桎。忘足，履之适也；忘要，带之适也；知忘是非，心之适也；不内变，不外从，事会之适也。始乎适而未尝不适者，忘适之适也。

有孙休者，踵门而诧子扁庆子曰：『休居乡不见谓不修，临难不见谓不勇。然而田原不遇岁，事君不遇世，宾于乡里，逐于州部，则胡罪乎天哉？休恶遇此命也？』

扁子曰：『子独不闻夫至人之自行邪？忘其肝胆，遗其耳目，芒然彷徨乎尘垢之外，逍遥乎无事之业，是谓为而不恃，长而不宰。今汝饰知以惊愚，修身以明汙，昭昭乎若揭日月而行也。汝得全而形躯，具而九窍，无中

道夭于聋盲跛蹇而比于人数，亦幸矣，又何暇乎天之怨哉！子往矣！』

孙子出，扁子入。坐有间，仰天而叹。弟子问曰：『先生何为叹乎？』

扁子曰：『向者休来，吾告之以至人之德，吾恐其惊而遂至于惑也。』

弟子曰：『不然。孙子之所言是邪？先生之所言非邪？非固不能惑是；孙子所言非邪？先生所言是邪？彼固惑而来矣，又奚罪焉！』

扁子曰：『不然。昔者有鸟止于鲁郊，鲁君说之，为具太牢以飨之，奏《九韶》以乐之。鸟乃始忧悲眩视，不敢饮食，此之谓以己养养鸟也。若夫以鸟养养鸟者，宜栖之深林，浮之江湖，食之以委蛇，则安平陆而已矣。今休，款启寡闻之民也，吾告以至人之德，譬之若载鼷以车马，乐鴳以钟鼓也，彼又恶能无惊乎哉！』

## 山木第二十

庄子行于山中，见大木，枝叶盛茂。伐木者止其旁而不取也。问其故，曰：『无所可用。』

庄子曰：『此木以不材得终其天年！』

夫子出于山，舍于故人之家。故人喜，命竖子杀雁而烹之。竖子请曰：『其一能鸣，其一不能鸣，请奚杀？』

主人曰：『杀不能鸣者。』

明日，弟子问于庄子曰：『昨日山中之木，以不材得终其天年；今主人之雁，以不材死。先生将何处？』

庄子笑曰：『周将处乎材与不材之间。材与不材之间，似之而非也，故未免乎累。若夫乘道德而浮游则不然。无誉无訾，一龙一蛇，与时俱化，而无肯专为；一上一下，以和为量，浮游乎万物之祖；物物而不物于物，则胡可得而累邪！此神农、黄帝之法则也。若夫万物之情，人伦之传则不然。合则离，成则毁；廉则挫，尊则议，有为则亏，贤则谋，不肖则欺，胡可得而必乎哉！悲夫！弟子志之，其唯道德之乡乎！』

市南宜僚见鲁侯，鲁侯有忧色。市南子曰：『君有忧色，何也？』

鲁侯曰：『吾学先王之道，修先君之业；吾敬鬼尊贤，亲而行之，无须臾离居；然不免于患，吾是以忧。』

市南子曰：『君之除患之术浅矣！夫丰狐文豹，栖于山林，伏于岩穴，静也；夜行昼居，戒也；虽饥渴隐约，犹且胥疏于江湖之上而求食焉，定也；然且不免于罔罗机辟之患。是何罪之有哉？其皮为之灾也。今鲁国独非君之皮邪？吾愿君刳形去皮，洒心去欲，而游于无人之野。南越有邑焉，名为建德之国。其民愚而朴，少私而寡欲；知作而不知藏，与而不求其报；不知义之所适，不知礼之所将。猖狂妄行，乃蹈乎大方；其生可乐，其死可葬。吾愿君去国捐俗，与道相辅而行。』

君曰：『彼其道远而险，又有江山，我无舟车，奈何？』

市南子曰：『君无形倨，无留居，以为君车。』

君曰：『彼其道幽远而无人，吾谁与为邻？吾无粮，我无食，安得而至焉？』

市南子曰：『少君之费，寡君之欲，虽无粮而乃足。君其涉于江而浮于海，望之而不见其崖，愈往而不知其所穷。送君者皆自崖而反，君自此远矣！故有人者累，见有于人者忧。故尧非有人，非见有于人也。吾愿去君之累，除君之忧，而独与道游于大莫之国。方舟而济于河，有虚船来触舟，虽有惼心之人不怒；有一人在其上，则呼张歙之；一呼而不闻，再呼而不闻，于是三呼邪，则必以恶声随之。向也不怒而今也怒，向也虚而今也实。人能虚己以游世，其孰能害之！』

北宫奢为卫灵公赋敛以为钟，为坛乎郭门之外。三月而成上下之县。

王子庆忌见而问焉，曰：『子何术之设？』

奢曰：『一之间，无敢设也。奢闻之：「既雕既琢，复归于朴。」侗乎其无识，傥乎其怠疑；萃乎芒乎，其送往而迎来；来者勿禁，往者勿止；从其强梁，随其曲傅，因其自穷，故朝夕赋敛而毫毛不挫，而况有大涂者乎！』

孔子围于陈蔡之间，七日不火食。大公任往吊之，曰：『子几死乎？』

曰：『然。』

『子恶死乎？』

曰：『然。』

任曰：『予尝言不死之道。东海有鸟焉，其名曰意怠。其为鸟也，翂翂翐翐，而似无能；引援而飞，迫胁而栖；进不敢为前，退不敢为后；食不敢先尝，必取其绪。是故其行列不斥，而外人卒不得害，是以免于患。直木先伐，甘井先竭。子其意者饰知以惊愚，修身以明汙，昭昭乎如揭日月而行，故不免也。昔吾闻之大成之人曰：「自伐者无功，功成者堕，名成者亏。」孰能去功与名而还与众人！道流而不明居，得行而不名处；纯纯常常，乃比于狂；削迹捐势，不为功名。是故无责于人，人亦无责焉。至人不闻，子何喜哉？』

孔子曰：『善哉！』辞其交游，去其弟子，逃于大泽；衣裘褐，食杼栗；入兽不乱群，入鸟不乱行。鸟兽不恶，而况人乎！

孔子问子桑雽曰：『吾再逐于鲁，伐树于宋，削迹于卫，穷于商周，围于陈蔡之间。吾犯此数患，亲交益疏，徒友益散，何与？』

子桑雽曰：『子独不闻假人之亡与？林回弃千金之璧，负赤子而趋。或曰：「为其布与？赤子之布寡矣；为其累与？赤子之累多矣。弃千金之璧，负赤子而趋，何也？」林回曰：「彼以利合，此以天属也。」夫以利合者，迫穷祸患害相弃也；以天属者，迫穷祸患害相收也。夫相收之与相弃亦远矣，且君子之交淡若水，小人之交甘若醴；君子淡以亲，小人甘以绝。彼无故以合者，则无故以离。』

孔子曰：『敬闻命矣！』徐行翔佯而归，绝学捐书，弟子无挹于前，其爱益加进。

异日，桑雽又曰：『舜之将死，乃命禹曰：「汝戒之哉！形莫若缘，情莫若率。」缘则不离，率则不劳；不离不劳，则不求文以待形；不求文以待形，固不待物。』

庄子衣大布而补之，正絜系履而过魏王。魏王曰：『何先生之惫邪？』

庄子曰：『贫也，非惫也。士有道德不能行，惫也；衣弊履穿，贫也，非惫也，此所谓非遭时也。王独不见夫腾猿乎？其得楠梓豫章也，揽蔓其枝而王长其间，虽羿、蓬蒙不能眄睨也。及其得柘棘枳枸之间也，危行侧

视，振动悼栗；此筋骨非有加急而不柔也，处势不便，未足以逞其能也。今处昏上乱相之间而欲无惫，奚可得邪？此比干之见剖心，徵也夫！』

孔子穷于陈蔡之间，七日不火食。左据槁木，右击槁枝，而歌焱氏之风，有其具而无其数，有其声而无宫角。木声与人声，犁然有当于人之心。

颜回端拱还目而窥之。仲尼恐其广己而造大也，爱己而造哀也，曰：『回，无受天损易，无受人益难。无始而非卒也，人与天一也。夫今之歌者其谁乎？』

回曰：『敢问无受天损易。』

仲尼曰：『饥渴寒暑，穷桎不行，天地之行也，运物之泄也，言与之偕逝之谓也。为人臣者，不敢去之。执臣之道犹若是，而况乎所以待天乎！』

『何谓无受人益难？』

仲尼曰：『始用四达，爵禄并至而不穷。物之所利，乃非己也，吾命其在外者也。君子不为盗，贤人不为窃。吾若取之，何哉？故曰：鸟莫知于鹩鸸，目之所不宜处不给视，虽落其实，弃之而走。其畏人也而袭诸人间。社稷存焉尔。』







『何谓无始而非卒？』

仲尼曰：『化其万物而不知其禅之者，焉知其所终？焉知其所始？正而待之而已耳。』

『何谓人与天一邪？』

仲尼曰：『有人，天也；有天，亦天也。人之不能有天，性也。圣人晏然体逝而终矣！』

庄周游于雕陵之樊，睹一异鹊自南方来者，翼广七尺，目大运寸，感周之颡，而集于栗林。庄周曰：『此何鸟哉，翼殷不逝，目大不睹？』蹇裳躩步，执弹而留之。睹一蝉，方得美荫而忘其身；螳螂执翳而搏之，见得而忘其形；异鹊从而利之，见利而忘其真。庄周怵然曰：『噫！物固相累，二类相召也！』捐弹而反走，虞人逐而谇之。

庄周反入，三日不庭。蔺且从而问之：『夫子何为顷间甚不庭乎？』

庄周曰：『吾守形而忘身，观于浊水而迷于清渊。且吾闻诸夫子曰：

「入其俗，从其俗。」今吾游于雕陵而忘吾身，异鹊感吾颡，游于栗林而忘真，栗林虞人以吾为戮，吾所以不庭也。」

阳子之宋，宿于逆旅。逆旅人有妾二人，其一人美，其一人恶。恶者贵而美者贱。阳子问其故，逆旅小子对曰：「其美者自美，吾不知其美也；其恶者自恶，吾不知其恶也。」

阳子曰：「弟子记之：行贤而去自贤之心，安往而不爱哉！」

## 田子方第二十一

田子方侍坐于魏文侯，数称谿工。

文侯曰：「谿工，子之师邪？」

子方曰：「非也，无择之里人也。称道数当，故无择称之。」

文侯曰：「然则子无师邪？」

子方曰：「有。」

曰：「子之师谁邪？」

子方曰：「东郭顺子。」

文侯曰：「然则夫子何故未尝称之？」

子方曰：「其为人也真。人貌而天虚，缘而葆真，清而容物。物无道，正容以悟之，使人之意也消。无择何足以称之！」

子方出，文侯傥然，终日不言。召前立臣而语之曰：「远矣，全德之君子！始吾以圣知之言、仁义之行为至矣。吾闻子方之师，吾形解而不欲动，口钳而不欲言。吾所学者，直土梗耳！夫魏真为我累耳！」

温伯雪子适齐，舍于鲁。鲁人有请见之者，温伯雪子曰：「不可。吾闻中国之君子，明乎礼义而陋于知人心，吾不欲见也。」

至于齐，反舍于鲁，是人也又请见。温伯雪子曰：「往也蕲见我，今也又蕲见我，是必有以振我也。」

出而见客，入而叹。明日见客，又入而叹。其仆曰：「每见之客也，必入而叹，何耶？」

曰：「吾固告子矣：中国之民，明乎礼义而陋乎知人心。昔之见我者，进退一成规、一成矩，从容一若龙、一若虎。其谏我也似子，其道我也似

父，是以叹也。』

仲尼见之而不言。子路曰：『吾子欲见温伯雪子久矣。见之而不言，何邪？』

仲尼曰：『若夫人者，目击而道存矣，亦不可以容声矣。』

颜渊问于仲尼曰：『夫子步亦步，夫子趋亦趋，夫子驰亦驰，夫子奔逸绝尘，而回瞠若乎后矣！』

仲尼曰：『回，何谓邪？』

曰：『夫子步亦步也，夫子言亦言也；夫子趋亦趋也，夫子辩亦辩也；夫子驰亦驰也；夫子言道，回亦言道也；及奔逸绝尘而回瞠若乎后者，夫子不言而信，不比而周，无器而民滔乎前，而不知所以然而已矣。』

仲尼曰：『恶！可不察与！夫哀莫大于心死，而人死亦次之。日出东方而入于西极，万物莫不比方，有首有趾者，待是而后成功，是出则存，是入则亡。万物亦然，有待也而死，有待也而生。吾一受其成形，而不化以待尽，效物而动，日夜无隙，而不知其所终；薰然其成形，知命不能规乎其前，丘以是日徂。吾终身与汝交一臂而失之，可不哀与！女殆著乎吾所以著也。彼已尽矣，而女求之以为有，是求马于唐肆也。吾服，女也甚忘；女服，吾也甚忘。虽然，女奚患焉！虽忘乎故吾，吾有不忘者存。』

孔子见老聃，老聃新沐，方将被发而干，慹然似非人。孔子便而待之，少焉见，曰：『丘也眩与？其信然与？向者先生形体掘若槁木，似遗物离人而立于独也。』

老聃曰：『吾游心于物之初。』

孔子曰：『何谓邪？』

曰：『心困焉而不能知，口辟焉而不能言，尝为汝议乎其将。至阴肃肃，至阳赫赫；肃肃出乎天，赫赫发乎地；两者交通成和而物生焉，或为之纪而莫见其形。消息满虚，一晦一明，日改月化，日有所为而莫见其功。生有所乎萌，死有所乎归，始终相反乎无端，而莫知乎其所穷。非是也，且孰为之宗！』

孔子曰：『请问游是。』

老聃曰：『夫得是至美至乐也。得至美而游乎至乐，谓之至人。』

孔子曰：『愿闻其方。』

曰：『草食之兽不疾易薮，水生之虫不疾易水，行小变而不失其大常也，喜怒哀乐不入于胸次。夫天下也者，万物之所一也。得其所一而同焉，则四支百体将为尘垢，而死生终始将为昼夜而莫之能滑，而况得丧祸福之所介乎！弃隶者若弃泥涂，知身贵于隶也，贵在于我而不失于变。且万化而未始有极也，夫孰足以患心！已为道者解乎此。』

孔子曰：『夫子德配天地，而犹假至言以修心。古之君子，孰能脱焉！』

老聃曰：『不然。夫水之于汋也，无为而才自然矣；至人之于德也，不修而物不能离焉，若天之自高，地之自厚，日月之自明，夫何修焉！』

孔子出，以告颜回曰：『丘之于道也，其犹醯鸡与！微夫子之发吾覆也，吾不知天地之大全也。』

庄子见鲁哀公，哀公曰：『鲁多儒士，少为先生方者。』

庄子曰：『鲁少儒。』

哀公曰：『举鲁国而儒服，何谓少乎？』

庄子曰：『周闻之：儒者冠圜冠者知天时，履句屦者知地形，缓佩玦者事至而断。君子有其道者，未必为其服也；为其服者，未必知其道也。公固以为不然，何不号于国中曰：「无此道而为此服者，其罪死！」』

于是哀公号之五日，而鲁国无敢儒服者。独有一丈夫，儒服而立乎公门。公即召而问以国事，千转万变而不穷。

庄子曰：『以鲁国而儒者一人耳，可谓多乎？』

百里奚爵禄不入于心，故饭牛而牛肥，使秦穆公忘其贱，与之政也。有虞氏死生不入于心，故足以动人。

宋元君将画图，众史皆至，受揖而立；舐笔和墨，在外者半。有一史后至者，儃儃然不趋，受揖不立，因之舍。公使人视之，则解衣般礴赢。君曰：『可矣，是真画者也。』

文王观于臧，见一丈夫钓，而其钓莫钓；非持其钓有钓者也，常钓也。

文王欲举而授之政，而恐大臣父兄之弗安也；欲终而释之，而不忍百姓之无天也。于是旦而属之大夫曰：『昔者寡人梦见良人，黑色而頔，乘驳马而偏朱蹄，号曰：「寓而政于臧丈人，庶几乎民有瘳乎！」』

诸大夫蹴然曰：『先君王也。』

文王曰：『然则卜之。』

诸大夫曰：『先君之命，王其无它，又何卜焉。』

遂迎臧丈人而授之政。典法无更，偏令无出。三年，文王观于国，则列士坏植散群，长官者不成德，斔斛不敢入于四竟。列士坏植散群，则尚同也；长官者不成德，则同务也；斔斛不敢入于四竟，则诸侯无二心也。

文王于是焉以为大师，北面而问曰：『政可以及天下乎？』臧丈人昧然而不应，泛然而辞，朝令而夜遁，终身无闻。

颜渊问于仲尼曰：『文王其犹未邪？又何以梦为乎？』

仲尼曰：『默，汝无言！夫文王尽之也，而又何论刺焉！彼直以循斯须也。』



列御寇为伯昏无人射，引之盈贯，措杯水其肘上，发之，适矢复沓，方矢复寓。当是时，犹象人也。

伯昏无人曰：『是射之射，非不射之射也。尝与汝登高山，履危石，临百仞之渊，若能射乎？』

于是无人遂登高山，履危石，临百仞之渊，背逡巡，足二分垂在外，揖御寇而进之。御寇伏地，汗流至踵。

伯昏无人曰：『夫至人者，上窥青天，下潜黄泉，挥斥八极，神气不变。今汝怵然有恂目之志，尔于中也殆矣夫！』

肩吾问于孙叔敖曰：『子三为令尹而不荣华，三去之而无忧色。吾始也疑子，今视子之鼻间栩栩然，子之用心独奈何？』

孙叔敖曰：『吾何以过人哉！吾以其来不可却也，其去不可止也；吾以为得失之非我也，而无忧色而已矣。我何以过人哉！且不知其在彼乎，其在我乎？其在彼邪？亡乎我；在我邪？亡乎彼。方将踌躇，方将四顾，何暇至乎人贵人贱哉！』

仲尼闻之曰：『古之真人，知者不得说，美人不得滥，盗人不得劫，伏戏、黄帝不得友。死生亦大矣，而无变乎己，况爵禄乎！若然者，其神经乎大山而无介，入乎渊泉而不濡，处卑细而不惫，充满天地，既以与人己愈有。』

楚王与凡君坐，少焉，楚王左右曰凡亡者三。凡君曰：『凡之亡也，不足以丧吾存。夫「凡之亡不足以丧吾存」，则楚之存不足以存存。由是观之，则凡未始亡而楚未始存也。』

## 知北游第二十二

知北游于玄水之上，登隐弅之丘，而适遭无为谓焉。知谓无为谓曰：『予欲有问乎若：何思何虑则知道？何处何服则安道？何从何道则得道？』三问而无为谓不答也。非不答，不知答也。

知不得问，反于白水之南，登狐阕之上，而睹狂屈焉。知以之言也问乎狂屈。狂屈曰：『唉！予知之，将语若。』中欲言而忘其所欲言。

知不得问，反于帝宫，见黄帝而问焉。黄帝曰：『无思无虑始知道，无处无服始安道，无从无道始得道。』

知问黄帝曰：『我与若知之，彼与彼不知也，其孰是邪？』

黄帝曰：『彼无为谓真是也，狂屈似之；我与汝终不近也。夫知者不言，言者不知，故圣人行不言之教。道不可致，德不可至。仁可为也，义可亏也，礼相伪也。故曰：「失道而后德，失德而后仁，失仁而后义，失义而后礼。礼者，道之华而乱之首也。」故曰：「为道者日损，损之又损之，以至于无为，无为而无不为也。」今已为物也，欲复归根，不亦难乎！其易也其唯大人乎！

『生也死之徒，死也生之始，孰知其纪！人之生，气之聚也；聚则为生，散则为死。若死生为徒，吾又何患！故万物一也，是其所美者为神奇，其所恶者为臭腐；臭腐复化为神奇，神奇复化为臭腐。故曰：「通天下一气耳。」圣人故贵一。』

知谓黄帝曰：『吾问无为谓，无为谓不应我，非不我应，不知应我也；吾问狂屈，狂屈中欲告我而不我告，非不我告，中欲告而忘之也。今予问乎

若，若知之，奚故不近？』

黄帝曰：『彼其真是也，以其不知也；此其似之也，以其忘之也；予与若终不近也，以其知之也。』狂屈闻之，以黄帝为知言。

天地有大美而不言，四时有明法而不议，万物有成理而不说。圣人者，原天地之美而达万物之理。是故至人无为，大圣不作，观于天地之谓也。

今彼神明至精，与彼百化，物已死生方圆，莫知其根也，扁然而万物，自古以固存。六合为巨，未离其内；秋豪为小，待之成体。天下莫不沈浮，终身不故；阴阳四时运行，各得其序。惛然若亡而存，油然不形而神，万物畜而不知。此之谓本根，可以观于天矣！

啮缺问道乎被衣，被衣曰：『若正汝形，一汝视，天和将至；摄汝知，一汝度，神将来舍。德将为汝美，道将为汝居，汝瞳焉如新生之犊而无求其故。』

言未卒，啮缺睡寐。被衣大说，行歌而去之，曰：『形若槁骸，心若死灰，真其实知，不以故自持。媒媒晦晦，无心而不可与谋。彼何人哉！』



舜问乎丞：『道可得而有乎？』

曰：『汝身非汝有也，汝何得有夫道？』

舜曰：『吾身非吾有也，孰有之哉？』

曰：『是天地之委形也；生非汝有，是天地之委和也；性命非汝有，是天地之委顺也；子孙非汝有，是天地之委蜕也。故行不知所往，处不知所持，食不知所味。天地之强阳气也，又胡可得而有邪！』

孔子问于老聃曰：『今日晏闲，敢问至道。』

老聃曰：『汝斋戒，疏瀹而心，澡雪而精神，掊击而知。夫道，窅然难言哉！将为汝言其崖略：夫昭昭生于冥冥，有伦生于无形，精神生于道，形本生于精，而万物以形相生。故九窍者胎生，八窍者卵生。其来无迹，其往无崖，无门无房，四达之皇皇也。邀于此者，四肢强，思虑恂达，耳目聪明。其用心不劳，其应物无方。天不得不高，地不得不广，日月不得不行，万物不得不昌，此其道与！

『且夫博之不必知，辩之不必慧，圣人以断之矣。若夫益之而不加益，

损之而不加损者，圣人之所保也。渊渊乎其若海，巍巍乎其终则复始也。运量万物而不匮，则君子之道，彼其外与！万物皆往资焉而不匮，此其道与！

『中国有人焉，非阴非阳，处于天地之间，直且为人，将反于宗。自本观之，生者，喑醷物也。虽有寿夭，相去几何？须臾之说也，奚足以为尧、桀之是非！果蓏有理，人伦虽难，所以相齿。圣人遭之而不违，过之而不守。调而应之，德也；偶而应之，道也。帝之所兴，王之所起也。

『人生天地之间，若白驹之过郤，忽然而已。注然勃然，莫不出焉；油然漻然，莫不入焉。已化而生，又化而死。生物哀之，人类悲之。解其天弢，堕其天袠。纷乎宛乎，魂魄将往，乃身从之。乃大归乎！不形之形，形之不形，是人之所同知也，非将至之所务也，此众人之所同论也。彼至则不论，论则不至；明见无值，辩不若默；道不可闻，闻不若塞。此之谓大得。』

东郭子问于庄子曰：『所谓道，恶乎在？』







庄子曰：『无所不在。』

东郭子曰：『期而后可。』

庄子曰：『在蝼蚁。』

曰：『何其下邪？』

曰：『在稊稗。』

曰：『何其愈下邪？』

曰：『在瓦甓。』

曰：『何其愈甚邪？』

曰：『在屎溺。』

东郭子不应。庄子曰：『夫子之问也，固不及质。正获之问于监市履狶也，每下愈况。汝唯莫必，无乎逃物。至道若是，大言亦然。周遍咸三者，异名同实，其指一也。

『尝相与游乎无何有之宫，同合而论，无所终穷乎！尝相与无为乎！澹而静乎！漠而清乎！调而闲乎！寥已吾志，无往焉而不知其所至，去

而来不知其所止，吾已往来焉而不知其所终。彷徨乎冯闳，大知入焉而不知其所穷。物物者与物无际，而物有际者，所谓物际者也；不际之际，际之不际者也。谓盈虚衰杀，彼为盈虚非盈虚，彼为衰杀非衰杀，彼为本末非本末，彼为积散非积散也。』

妸荷甘与神农学于老龙吉。神农隐几，阖户昼瞑。妸荷甘日中奓户而入，曰：『老龙死矣！』

神农隐几拥杖而起，嚗然放杖而笑，曰：『天知予僻陋谩訑，故弃予而死。已矣！夫子无所发予之狂言而死矣夫！』

弇堈吊闻之，曰：『夫体道者，天下之君子所系焉。今于道，秋豪之端万分未得处一焉，而犹知藏其狂言而死，又况夫体道者乎！视之无形，听之无声，于人之论者，谓之冥冥，所以论道而非道也。』

于是泰清问乎无穷，曰：『子知道乎？』

无穷曰：『吾不知。』

又问乎无为，无为曰：『吾知道。』

曰：『子之知道，亦有数乎？』

曰：『有。』

曰：『其数若何？』

无为曰：『吾知道之可以贵、可以贱、可以约、可以散，此吾所以知道之数也。』

泰清以之言也问乎无始，曰：『若是，则无穷之弗知与无为之知，孰是而孰非乎？』

无始曰：『不知深矣，知之浅矣；弗知内矣，知之外矣。』

于是泰清仰而叹曰：『弗知乃知乎，知乃不知乎！孰知不知之知？』

无始曰：『道不可闻，闻而非也；道不可见，见而非也；道不可言，言而非也。知形形之不形乎！道不当名。』

无始曰：『有问道而应之者，不知道也；虽问道者，亦未闻道。道无问，问无应。无问问之，是问穷也；无应应之，是无内也。以无内待问穷，若是者，外不观乎宇宙，内不知乎大初。是以不过乎昆仑，不游乎太虚。』

光曜问乎无有曰：『夫子有乎？其无有乎？』

无有弗应也。光曜不得问而孰视其状貌：窅然空然，终日视之而不见，听之而不闻，搏之而不得也。

光曜曰：『至矣，其孰能至此乎！予能有无矣，而未能无无也；及为无有矣，何从至此哉！』

大马之捶钩者，年八十矣，而不失豪芒。大马曰：『子巧与！有道与？』

曰：『臣有守也。臣之年二十而好捶钩，于物无视也，非钩无察也。』是用之者假不用者也以长得其用，而况乎无不用者乎！物孰不资焉！

冉求问于仲尼曰：『未有天地可知邪？』

仲尼曰：『可。古犹今也。』

冉求失问而退。明日复见，曰：『昔者吾问「未有天地可知乎？」夫子曰：「可。古犹今也。」昔日吾昭然，今日吾昧然，敢问何谓也？』

仲尼曰：『昔之昭然也，神者先受之；今之昧然也，且又为不神者求邪！无古无今，无始无终。未有子孙而有孙子，可乎？』



冉求未对。仲尼曰：『已矣，未应矣！不以生生死，不以死死生。死生有待邪？皆有所一体。有先天地生者物邪？物物者非物，物出不得先物也，犹其有物也。犹其有物也无已！圣人之爱人也终无已者，亦乃取于是者也。』

颜渊问乎仲尼曰：『回尝闻诸夫子曰：「无有所将，无有所迎。」回敢问其游。』

仲尼曰：『古之人外化而内不化，今之人内化而外不化。与物化者，一不化者也。安化安不化，安与之相靡，必与之莫多。狶韦氏之囿，黄帝之圃，有虞氏之宫，汤武之室。君子之人，若儒墨者师，故以是非相齑也，而况今之人乎！圣人处物不伤物。不伤物者，物亦不能伤也。唯无所伤者，为能与人相将迎。山林与！皋壤与！使我欣欣然而乐与！乐未毕也，哀又继之。哀乐之来，吾不能御，其去弗能止。悲夫，世人直为物逆旅耳！夫知遇而不知所不遇，能能而不能所不能。无知无能者，固人之所不免也。

夫务免乎人之所不免者，岂不亦悲哉！至言去言，至为去为。齐知之所知，则浅矣！』

## 杂篇

### 庚桑楚第二十三

老聃之役，有庚桑楚者，偏得老聃之道，以北居畏垒之山，其臣之画然知者去之，其妾之挈然仁者远之；拥肿之与居，鞅掌之为使。居三年，畏垒大壤。畏垒之民相与言曰：『庚桑子之始来，吾洒然异之。今吾日计之而不足，岁计之而有余。庶几其圣人乎！子胡不相与尸而祝之，社而稷之乎？』

庚桑子闻之，南面而不释然。弟子异之。庚桑子曰：『弟子何异于予？夫春气发而百草生，正得秋而万宝成。夫春与秋，岂无得而然哉？天道已行矣！吾闻至人，尸居环堵之室，而百姓猖狂不知所如往。今以畏垒之细民，而窃窃焉欲俎豆予于贤人之间，我其杓之人邪！吾是以不释于老聃之言。』





弟子曰：『不然。夫寻常之沟，巨鱼无所还其体，而鲵鳅为之制；步仞之丘，巨兽无所隐其躯，而孽狐为之祥。且夫尊贤授能，先善与利，自古尧、舜以然，而况畏垒之民乎！夫子亦听矣！』

庚桑子曰：『小子来！夫函车之兽，介而离山，则不免于网罟之患；吞舟之鱼，砀而失水，则蝼蚁能苦之。故鸟兽不厌高，鱼鳖不厌深。夫全其形生之人，藏其身也，不厌深眇而已矣。

『且夫二子者，又何足以称扬哉！是其于辩也，将妄凿垣墙而殖蓬蒿也。简发而栉，数米而炊，窃窃乎又何足以济世哉！举贤则民相轧，任知则民相盗。之数物者，不足以厚民。民之于利甚勤，子有杀父，臣有杀君，正昼为盗，日中穴阫。吾语女：大乱之本，必生于尧、舜之间，其末存乎千世之后。千世之后，其必有人与人相食者也。』

南荣趎蹴然正坐曰：『若趎之年者已长矣，将恶乎托业以及此言邪？』

庚桑子曰：『全汝形，抱汝生，无使汝思虑营营。若此三年，则可以及

此言矣。』

南荣趎曰：『目之与形，吾不知其异也，而盲者不能自见；耳之与形，吾不知其异也，而聋者不能自闻；心之与形，吾不知其异也，而狂者不能自得。形之与形亦辟矣，而物或间之邪，欲相求而不能相得。今谓趎曰：「全汝形，抱汝生，无使汝思虑营营。」趎勉闻道达耳矣！』

庚桑子曰：『辞尽矣。奔蜂不能化藿蠋，越鸡不能伏鹄卵，鲁鸡固能矣。鸡之与鸡，其德非不同也，有能与不能者，其才固有巨小也。今吾才小，小足以化子。子胡不南见老子！』

南荣趎赢粮，七日七夜至老子之所。老子曰：『子自楚之所来乎？』

南荣趎曰：『唯。』

老子曰：『子何与人偕来之众也？』南荣趎惧然顾其后。老子曰：『子不知吾所谓乎？』

南荣趎俯而惭，仰而叹，曰：『今者吾忘吾答，因失吾问。』

老子曰：『何谓也？』

南荣趎曰：『不知乎，人谓我朱愚；知乎，反愁我躯。不仁则害人，仁则反愁我身；不义则伤彼，义则反愁我己。我安逃此而可？此三言者，趎之所患也。愿因楚而问之。』

老子曰：『向吾见若眉睫之间，吾因以得汝矣，今汝又言而信之。若规规然若丧父母，揭竿而求诸海也。女亡人哉！惘惘乎，汝欲反汝情性而无由入，可怜哉！』

南荣趎请入就舍，召其所好，去其所恶，十日自愁，复见老子。

老子曰：『汝自洒濯，孰哉郁郁乎！然而其中津津乎犹有恶也。夫外韄者不可繁而捉，将内揵；内韄者不可缪而捉，将外揵；外内韄者，道德不能持，而况放道而行者乎！』

南荣趎曰：『里人有病，里人问之，病者能言其病，然其病病者犹未病也。若趎之闻大道，譬犹饮药以加病也，趎愿闻卫生之经而已矣。』

老子曰：『卫生之经，能抱一乎？能勿失乎？能无卜筮而知吉凶乎？能止乎？能已乎？能舍诸人而求诸己乎？能翛然乎？能侗然

乎？能儿子乎？儿子终日嗥而嗌不嗄，和之至也；终日握而手不挽，共其德也；终日视而目不瞬，偏不在外也。行不知所之，居不知所为，与物委蛇而同其波。是卫生之经已。』

南荣趎曰：『然则是至人之德已乎？』

曰：『非也。是乃所谓冰解冻释者，能乎？夫至人者，相与交食乎地而交乐乎天，不以人物利害相撄，不相与为怪，不相与为谋，不相与为事，翛然而往，侗然而来。是谓卫生之经已。』

曰：『然则是至乎？』

曰：『未也。吾固告汝曰：「能儿子乎？」儿子动不知所为，行不知所之，身若槁木之枝而心若死灰。若是者，祸亦不至，福亦不来。祸福无有，恶有人灾也！』

宇泰定者，发乎天光。发乎天光者，人见其人，物见其物。人有修者，乃今有恒。有恒者，人舍之，天助之。人之所舍，谓之天民；天之所助，谓之天子。

学者，学其所不能学也；行者，行其所不能行也；辩者，辩其所不能辩也。知止乎其所不能知，至矣！若有不即是者，天钧败之。

备物以将形，藏不虞以生心，敬中以达彼。若是而万恶至者，皆天也，而非人也，不足以滑成，不可内于灵台。灵台者有持，而不知其所持，而不可持者也。

不见其诚己而发，每发而不当；业入而不舍，每更为失。为不善乎显明之中者，人得而诛之；为不善乎幽间之中者，鬼得而诛之。明乎人、明乎鬼者，然后能独行。

券内者，行乎无名；券外者，志乎期费。行乎无名者，唯庸有光；志乎期费者，唯贾人也。人见其跂，犹之魁然。与物穷者，物入焉；与物且者，其身之不能容，焉能容人！不能容人者无亲，无亲者尽人。兵莫憯于志，镆铘为下；寇莫大于阴阳，无所逃于天地之间。非阴阳贼之，心则使之也。

道通，其分也成也，其成也毁也。所恶乎分者，其分也以备；所以恶

乎备者，其有以备。故出而不反，见其鬼；出而得，是谓得死。灭而有实，鬼之一也。以有形者象无形者而定矣。

出无本，入无窍。有实而无乎处，有长而无乎本剽，有所出而无窍者有实。有实而无乎处者，宇也；有长而无本剽者，宙也。有乎生，有乎死，有乎出，有乎入。入出而无见其形，是谓天门。天门者，无有也，万物出乎无有。有不能以有为有，必出乎无有，而无有一无有。圣人藏乎是。

古之人，其知有所至矣。恶乎至？有以为未始有物者，至矣，尽矣，弗可以加矣。其次以为有物矣，将以生为丧也，以死为反也，是以分已。其次曰始无有，既而有生，生俄而死；以无有为首，以生为体，以死为尻；孰知有无死生之一守者，吾与之为友。是三者虽异，公族也。昭景也，著戴也，甲氏也，著封也，非一也。

有生黬也，披然曰移是。尝言移是，非所言也。虽然，不可知者也。腊者之有膍胲，可散而不可散也；观室者周于寝庙，又适其偃溲焉。为是举移是。

请常言移是。是以生为本，以知为师，因以乘是非；果有名实，因以己为质；使人以为己节，因以死偿节。若然者，以用为知，以不用为愚；以彻为名，以穷为辱。移是，今之人也，是蜩与学鸠同于同也。

蹍市人之足，则辞以放骜，兄则以妪，大亲则已矣。故曰：至礼有不人，至义不物，至知不谋，至仁无亲，至信辟金。

彻志之勃，解心之谬，去德之累，达道之塞。贵、富、显、严、名、利六者，勃志也；容、动、色、理、气、意六者，谬心也；恶、欲、喜、怒、哀、乐六者，累德也；去、就、取、与、知、能六者，塞道也。此四六者不荡胸中则正，正则静，静则明，明则虚，虚则无为而无不为也。

道者，德之钦也；生者，德之光也；性者，生之质也。性之动谓之为，为之伪谓之失。知者，接也；知者，谟也。知者之所不知，犹睨也。动以不得已之谓德，动无非我之谓治，名相反而实相顺也。

羿工乎中微而拙乎使人无己誉；圣人工乎天而拙乎人；夫工乎天而俍乎人者，唯全人能之。唯虫能虫，唯虫能天。全人恶天，恶人之天，而

况吾天乎人乎！

一雀适羿，羿必得之，威也。以天下为之笼，则雀无所逃。是故汤以庖人笼伊尹，秦穆公以五羊之皮笼百里奚。是故非以其所好笼之而可得者，无有也。

介者拸画，外非誉也；胥靡登高而不惧，遗死生也。夫复谓不馈而忘人；忘人，因以为天人矣。故敬之而不喜，侮之而不怒者，唯同乎天和者为然。出怒不怒，则怒出于不怒矣；出为无为，则为出于无为矣。欲静则平气，欲神则顺心。有为也欲当，则缘于不得已。不得已之类，圣人之道。

## 徐无鬼第二十四

徐无鬼因女商见魏武侯，武侯劳之曰：『先生病矣！苦于山林之劳，故乃肯见于寡人。』

徐无鬼曰：『我则劳于君，君有何劳于我！君将盈耆欲，长好恶，则性命之情病矣；君将黜耆欲，掔好恶，则耳目病矣。我将劳君，君有何劳于我！』武侯超然不对。

少焉，徐无鬼曰：『尝语君，吾相狗也。下之质，执饱而止，是狸德也；中之质，若视日；上之质，若亡其一。吾相狗，又不若吾相马也。吾相马，直者中绳，曲者中钩，方者中矩，圆者中规。是国马也，而未若天下马也。天下马有成材，若卹若失，若丧其一，若是者，超轶绝尘，不知其所。』武侯大悦而笑。

徐无鬼出，女商曰：『先生独何以说吾君乎？吾所以说吾君者，横说之则以《诗》、《书》、《礼》、《乐》，从说之则以《金板》、《六弢》，奉事而大有功者不可为数，而吾君未尝启齿。今先生何以说吾君，使吾君说若此乎？』

徐无鬼曰：『吾直告之吾相狗马耳。』

女商曰：『若是乎？』

曰：『子不闻夫越之流人乎？去国数日，见其所知而喜；去国旬月，见所尝见于国中者喜；及期年也，见似人者而喜矣。不亦去人滋久，思人滋深乎？夫逃虚空者，藜藋柱乎鼪鼬之径，踉位其空，闻人足音跫然

而喜矣，又况乎昆弟亲戚之謦欬其侧者乎！久矣夫，莫以真人之言謦欬吾君之侧乎！』

徐无鬼见武侯，武侯曰：『先生居山林，食芧栗，厌葱韭，以宾寡人，久矣夫！今老邪？其欲干酒肉之味邪？其寡人亦有社稷之福邪？』

徐无鬼曰：『无鬼生于贫贱，未尝敢饮食君之酒肉，将来劳君也。』

君曰：『何哉！奚劳寡人？』

曰：『劳君之神与形。』

武侯曰：『何谓邪？』

徐无鬼曰：『天地之养也一，登高不可以为长，居下不可以为短。君独为万乘之主，以苦一国之民，以养耳目鼻口，夫神者不自许也。夫神者，好和而恶奸。夫奸，病也，故劳之。唯君所病之，何也？』

武侯曰：『欲见先生久矣！吾欲爱民而为义偃兵，其可乎？』

徐无鬼曰：『不可。爱民，害民之始也；为义偃兵，造兵之本也。君自此为之，则殆不成。凡成美，恶器也。君虽为仁义，几且伪哉！形固造形，成固有伐，变固外战。君亦必无盛鹤列于丽谯之间，无徒骥于锱坛之宫，无藏逆于得，无以巧胜人，无以谋胜人，无以战胜人。夫杀人之士民，兼人之土地，以养吾私与吾神者，其战不知孰善？胜之恶乎在？君若勿已矣，修胸中之诚，以应天地之情而勿撄。夫民死已脱矣，君将恶乎用夫偃兵哉！』

黄帝将见大隗乎具茨之山，方明为御，昌寓骖乘，张若、謵朋前马，昆阍、滑稽后车。至于襄城之野，七圣皆迷，无所问涂。

适遇牧马童子，问涂焉，曰：『若知具茨之山乎？』

曰：『然。』

『若知大隗之所存乎？』

曰：『然。』

黄帝曰：『异哉小童！非徒知具茨之山，又知大隗之所存。请问为天下。』

小童曰：『夫为天下者，亦若此而已矣，又奚事焉！予少而自游于六

合之内，予适有瞀病，有长者教予曰：「若乘日之车而游于襄城之野。」今予病少痊，予又且复游于六合之外。夫为天下亦若此而已。予又奚事焉！』

黄帝曰：『夫为天下者，则诚非吾子之事。虽然，请问为天下。』小童辞。

黄帝又问。小童曰：『夫为天下者，亦奚以异乎牧马者哉！亦去其害马者而已矣！』

黄帝再拜稽首，称天师而退。

知士无思虑之变则不乐，辩士无谈说之序则不乐，察士无凌谇之事则不乐，皆囿于物者也。

招世之士兴朝，中民之士荣官，筋力之士矜难，勇敢之士奋患，兵革之士乐战，枯槁之士宿名，法律之士广治，礼乐之士敬容，仁义之士贵际。农夫无草莱之事则不比，商贾无市井之事则不比。庶人有旦暮之业则劝，百工有器械之巧则壮。钱财不积则贪者忧，权势不尤则夸者悲。势物之徒乐变，遭时有所用，不能无为也。此皆顺比于岁，不易于物者也。驰其形性，潜之万物，终身不反，悲夫！

庄子曰：『射者非前期而中，谓之善射，天下皆羿也，可乎？』

惠子曰：『可。』

庄子曰：『天下非有公是也，而各是其所是，天下皆尧也，可乎？』

惠子曰：『可。』

庄子曰：『然则儒、墨、杨、秉四，与夫子为五，果孰是邪？或者若鲁遽者邪？其弟子曰：「我得夫子之道矣！吾能冬爨鼎而夏造冰矣！」鲁遽曰：「是直以阳召阳，以阴召阴，非吾所谓道也。吾示子乎吾道。」于是乎为之调瑟，废一于堂，废一于室，鼓宫宫动，鼓角角动，音律同矣。夫或改调一弦，于五音无当也。鼓之，二十五弦皆动，未始异于声而音之君已。且若是者邪？』

惠子曰：『今乎儒、墨、杨、秉，且方与我以辩，相拂以辞，相镇以声，而未始吾非也，则奚若矣？』

庄子曰：『齐人蹢子于宋者，其命阍也不以完，其求钘钟也以束缚，其求唐子也而未始出域，有遗类矣！夫楚人寄而谪阍者，夜半于无人之时而与舟人斗，未始离于岑而足以造于怨也。』

庄子送葬，过惠子之墓，顾谓从者曰：『郢人垩慢其鼻端若蝇翼，使匠石斲之。匠石运斤成风，听而斲之，尽垩而鼻不伤，郢人立不失容。宋元君闻之，召匠石曰：「尝试为寡人为之。」匠石曰：「臣则尝能斲之。虽然，臣之质死久矣！」自夫子之死也，吾无以为质矣，吾无与言之矣！』

管仲有病，桓公问之曰：『仲父之病病矣，可不讳云，至于大病，则寡人恶乎属国而可？』

管仲曰：『公谁欲与？』

公曰：『鲍叔牙。』

曰：『不可。其为人洁廉，善士也；其于不已若者不比之；又一闻人之过，终身不忘。使之治国，上且钩乎君，下且逆乎民。其得罪于君也，将弗久矣！』



公曰：『然则孰可？』

对曰：『勿已，则隰朋可。其为人也，上忘而下不畔，愧不若黄帝，而哀不已若者。以德分人谓之圣；以财分人谓之贤。以贤临人，未有得人者也；以贤下人，未有不得人者也。其于国有不闻也，其于家有不见也。勿已，则隰朋可。』

吴王浮于江，登乎狙之山。众狙见之，恂然弃而走，逃于深蓁。有一狙焉，委蛇攫搔，见巧乎王。王射之，敏给搏捷矢。王命相者趋射之，狙执死。

王顾谓其友颜不疑曰：『之狙也，伐其巧、恃其便以敖予，以至此殛也。戒之哉！嗟乎！无以汝色骄人哉！』颜不疑归而师董梧，以锄其色，去乐辞显，三年而国人称之。

南伯子綦隐几而坐，仰天而嘘。颜成子入见曰：『夫子，物之尤也。形固可使若槁骸，心固可使若死灰乎？』

曰：『吾尝居山穴之中矣。当是时也，田禾一睹我而齐国之众三贺之。我必先之，彼故知之；我必卖之，彼故鬻之。若我而不有之，彼恶得

而知之？若我而不卖之，彼恶得而鬻之？嗟乎！我悲人之自丧者，吾又悲夫悲人者，吾又悲夫悲人之悲者，其后而日远矣！』

仲尼之楚，楚王觞之。孙叔敖执爵而立。市南宜僚受酒而祭，曰：『古之人乎！于此言已。』

曰：『丘也闻不言之言矣，未之尝言，于此乎言之。市南宜僚弄丸而两家之难解，孙叔敖甘寝秉羽而郢人投兵，丘愿有喙三尺。』

彼之谓不道之道，此之谓不言之辩。故德总乎道之所一，而言休乎知之所不知，至矣。道之所一者，德不能同也；知之所不能知者，辩不能举也。名若儒墨而凶矣。故海不辞东流，大之至也。圣人并包天地，泽及天下，而不知其谁氏。是故生无爵，死无谥，实不聚，名不立，此之谓大人。狗不以善吠为良，人不以善言为贤，而况为大乎！夫为大不足以为大，而况为德乎！夫大莫若天地；然奚求焉，而大备矣！知大备者，无求，无失，无弃，不以物易己也。反己而不穷，循古而不摩，大人之诚。

子綦有八子，陈诸前，召九方歅曰：『为我相吾子，孰为祥。』



九方歅曰：『梱也为祥。』

子綦瞿然喜曰：『奚若？』

曰：『梱也，将与国君同食以终其身。』

子綦索然出涕曰：『吾子何为以至于是极也？』

九方歅曰：『夫与国君同食，泽及三族，而况父母乎！今夫子闻之而泣，是御福也。子则祥矣，父则不祥。』

子綦曰：『歅，汝何足以识之，而梱祥邪？尽于酒肉，入于鼻口矣，而何足以知其所自来！吾未尝为牧而牂生于奥，未尝好田而鹑生于宎，若勿怪，何邪？吾所与吾子游者，游于天地，吾与之邀乐于天，吾与之邀食于地。吾不与之为事，不与之为谋，不与之为怪。吾与之乘天地之诚而不以物与之相撄，吾与之一委蛇而不与之为事所宜。今也然有世俗之偿焉？凡有怪征者必有怪行。殆乎！非我与吾子之罪，几天与之也！吾是以泣也。』

无几何而使梱之于燕，盗得之于道，全而鬻之则难，不若刖之则易。于

是乎刖而鬻之于齐，适当渠公之街，然身食肉而终。

啮缺遇许由曰：『子将奚之？』

曰：『将逃尧。』

曰：『奚谓邪？』

曰：『夫尧畜畜然仁，吾恐其为天下笑。后世其人与人相食与！夫民不难聚也，爱之则亲，利之则至，誉之则劝，致其所恶则散。爱利出乎仁义，捐仁义者寡，利仁义者众。夫仁义之行，唯且无诚，且假乎禽贪者器。是以一人之断制天下，譬之犹一覕也。夫尧知贤人之利天下也，而不知其贼天下也。夫唯外乎贤者知之矣。』

有暖姝者，有濡需者，有卷娄者。

所谓暖姝者，学一先生之言，则暖暖姝姝而私自说也，自以为足矣，而未知未始有物也，是以谓暖姝者也。

濡需者，豕虱是也，择疏鬣，自以为广宫大囿；奎蹏曲隈，乳间股脚，自以为安室利处；不知屠者之一旦鼓臂布草操烟火，而己与豕俱焦也。此以域进，此以域退，此其所谓濡需者也。

卷娄者，舜也。羊肉不慕蚁，蚁慕羊肉，羊肉羶也。舜有羶行，百姓悦之，故三徙成都，至邓之虚而十有万家。尧闻舜之贤，举之童土之地，曰：『冀得其来之泽。』舜举乎童土之地，年齿长矣，聪明衰矣，而不得休归，所谓卷娄者也。

是以神人恶众至，众至则不比，不比则不利也。故无所甚亲，无所甚疏，抱德炀和，以顺天下，此谓真人。于蚁弃知，于鱼得计，于羊弃意。

以目视目，以耳听耳，以心复心。若然者，其平也绳，其变也循，古之真人！以天待人，不以人入天，古之真人！得之也生，失之也死；得之也死，失之也生。

药也。其实堇也，桔梗也，鸡癕也，豕零也，是时为帝者也，何可胜言！

句践也以甲楯三千栖于会稽，唯种也能知亡之所以存，唯种也不知其身之所以愁。故曰：鸱目有所适，鹤胫有所节，解之也悲。

故曰：风之过河也有损焉；日之过河也有损焉；请只风与日相与

守河，而河以为未始其擐也，恃源而往者也。故水之守土也审，影之守人也审，物之守物也审。

故目之于明也殆，耳之于聪也殆，心之于殉也殆，凡能其于府也殆，殆之成也不给改。祸之长也兹萃，其反也缘功，其果也待久。而人以为己宝，不亦悲乎！故有亡国戮民无已，不知问是也。

故足之于地也践，虽践，恃其所不蹍而后善博也；人之于知也少，虽少，恃其所不知而后知天之所谓也。知大一，知大阴，知大目，知大均，知大方，知大信，知大定，至矣。大一通之，大阴解之，大目视之，大均缘之，大方体之，大信稽之，大定持之。

尽有天，循有照，冥有枢，始有彼。则其解之也似不解之者，其知之也似不知之也，不知而后知之。其问之也，不可以有崖，而不可以无崖。颉滑有实，古今不代，而不可以亏，则可不谓有大扬搉乎！阖不亦问是已，奚惑然为！以不惑解惑，复于不惑，是尚大不惑。

## 则阳第二十五

则阳游于楚，夷节言之于王，王未之见。夷节归。

彭阳见王果曰：『夫子何不谭我于王？』

王果曰：『我不若公阅休。』

彭阳曰：『公阅休奚为者邪？』

曰：『冬则擉鳖于江，夏则休乎山樊。有过而问者，曰：「此予宅也。」夫夷节已不能，而况我乎！吾又不若夷节。夫夷节之为人也，无德而有知，不自许，以之神其交，固颠冥乎富贵之地。非相助以德，相助消也。夫冻者假衣于春，暍者反冬乎冷风。夫楚王之为人也，形尊而严；其于罪也，无赦如虎。非夫佞人正德，其孰能桡焉。故圣人其穷也，使家人忘其贫；其达也，使王公忘爵禄而化卑；其于物也，与之为娱矣；其于人也，乐物之通而保己焉。故或不言而饮人以和，与人并立而使人化，父子之宜。彼其乎归居，而一闲其所施。其于人心者，若是其远也。故曰「待公阅休」。』

圣人达绸缪，周尽一体矣，而不知其然，性也。复命摇作而以天为师，

人则从而命之也。忧乎知，而所行恒无几时，其有止也，若之何！

生而美者，人与之鉴，不告则不知其美于人也。若知之，若不知之，若闻之，若不闻之，其可喜也终无已，人之好之亦无已，性也。圣人之爱人也，人与之名，不告则不知其爱人也。若知之，若不知之，若闻之，若不闻之，其爱人也终无已，人之安之亦无已，性也。

旧国旧都，望之畅然。虽使丘陵草木之缗入之者十九，犹之畅然，况见见闻闻者也，以十仞之台县众间者也。

冉相氏得其环中以随成，与物无终无始，无几无时。日与物化者，一不化者也。阖尝舍之！夫师天而不得师天，与物皆殉。其以为事也，若之何？夫圣人未始有天，未始有人，未始有始，未始有物，与世偕行而不替，所行之备而不洫，其合之也，若之何？汤得其司御门尹登恒为之傅之。从师而不囿，得其随成。为之司其名，之名嬴法，得其两见。仲尼之尽虑，为之傅之。容成氏曰：『除日无岁，无内无外。』

魏莹与田侯牟约，田侯牟背之，魏莹怒，将使人刺之。犀首公孙衍闻而耻之，曰：『君为万乘之君也，而以匹夫从仇！衍请受甲二十万，为君攻之，虏其人民，系其牛马，使其君内热发于背，然后拔其国。忌也出走，然后抶其背，折其脊。』

季子闻而耻之，曰：『筑十仞之城，城者既十仞矣，则又坏之，此胥靡之所苦也。今兵不起七年矣，此王之基也。衍，乱人也，不可听也。』

华子闻而丑之，曰：『善言伐齐者，乱人也；善言勿伐者，亦乱人也；谓「伐之与不伐乱人也」者，又乱人也。』

君曰：『然则若何？』

曰：『君求其道而已矣！』

惠子闻之，而见戴晋人。戴晋人曰：『有所谓蜗者，君知之乎？』

曰：『然。』

『有国于蜗之左角者，曰触氏；有国于蜗之右角者，曰蛮氏。时相与争地而战，伏尸数万，逐北旬有五日而后反。』

君曰：『噫！其虚言与？』

曰：『臣请为君实之。君以意在四方上下有穷乎？』

君曰：『无穷。』

曰：『知游心于无穷，而反在通达之国，若存若亡乎？』

君曰：『然。』

曰：『通达之中有魏，于魏中有梁，于梁中有王，王与蛮氏有辩乎？』

君曰：『无辩。』

客出而君惝然若有亡也。

客出，惠子见。君曰：『客，大人也，圣人不足以当之。』

惠子曰：『夫吹筦也，犹有嗃也；吹剑首者，吷而已矣。尧、舜，人之所誉也。道尧、舜于戴晋人之前，譬犹一吷也。』

孔子之楚，舍于蚁丘之浆。其邻有夫妻臣妾登极者，子路曰：『是稯稯何为者邪？』

仲尼曰：『是圣人仆也。是自埋于民，自藏于畔。其声销，其志无穷，其口虽言，其心未尝言。方且与世违，而心不屑与之俱。是陆沉者也，是其市南宜僚邪？』

子路请往召之。

孔子曰：『已矣！彼知丘之著于己也，知丘之适楚也，以丘为必使楚王之召己也，彼且以丘为佞人也。夫若然者，其于佞人也，羞闻其言，而况亲见其身乎！而何以为存？』

子路往视之，其室虚矣。

长梧封人问子牢曰：『君为政焉勿卤莽，治民焉勿灭裂。昔予为禾，耕而卤莽之，则其实亦卤莽而报予；芸而灭裂之，其实亦灭裂而报予。予来年变齐，深其耕而熟耰之，其禾蘩以滋，予终年厌飧。』

庄子闻之曰：『今人之治其形，理其心，多有似封人之所谓：遁其天，离其性，灭其情，亡其神，以众为。故卤莽其性者，欲恶之孽，为性萑苇蒹葭，始萌以扶吾形，寻擢吾性。并溃漏发，不择所出，漂疽疥痈，内热溲膏是也。』

柏矩学于老聃，曰：『请之天下游。』

老聃曰：『已矣！天下犹是也。』

又请之，老聃曰：『汝将何始？』

曰：『始于齐。』

至齐，见辜人焉，推而强之，解朝服而幕之，号天而哭之，曰：『子乎！子乎！天下有大灾，子独先离之。曰「莫为盗，莫为杀人」。荣辱立，然后睹所病；货财聚，然后睹所争。今立人之所病，聚人之所争，穷困人之身，使无休时。欲无至此，得乎！古之君人者，以得为在民，以失为在己；以正为在民，以枉为在己。故一形有失其形者，退而自责。今则不然，匿为物而愚不识，大为难而罪不敢，重为任而罚不胜，远其涂而诛不至。民知力竭，则以伪继之；日出多伪，士民安取不伪！夫力不足则伪，知不足则欺，财不足则盗。盗窃之行，于谁责而可乎？』

蘧伯玉行年六十而六十化，未尝不始于是之而卒诎之以非也，未知今之所谓是之非五十九非也。万物有乎生而莫见其根，有乎出而莫见其门。人皆尊其知之所知，而莫知恃其知之所不知而后知，可不谓大疑乎！已乎！已乎！且无所逃。此所谓然与，然乎？



仲尼问于大史大弢、伯常骞、狶韦曰：『夫卫灵公饮酒湛乐，不听国家之政；田猎毕弋，不应诸侯之际。其所以为灵公者何邪？』

大弢曰：『是因是也。』

伯常骞曰：『夫灵公有妻三人，同滥而浴。史鰌奉御而进所，搏币而扶翼。其慢若彼之甚也，见贤人若此其肃也，是其所以为灵公也。』

狶韦曰：『夫灵公也死，卜葬于故墓不吉，卜葬于沙丘而吉。掘之数仞，得石椁焉，洗而视之，有铭焉，曰：「不冯其子，灵公夺而里之。」夫灵公之为灵也久矣！之二人何足以识之！』

少知问于大公调曰：『何谓丘里之言？』

大公调曰：『丘里者，合十姓百名而为风俗也，合异以为同，散同以为异。今指马之百体而不得马，而马系于前者，立其百体而谓之马也。是故丘山积卑而为高，江河合水而为大，大人合并而为公。是以自外人者，有主而不执；由中出者，有正而不距。四时殊气，天不赐，故岁成；五官殊

职，君不私，故国治；文武殊能，大人不赐，故德备；万物殊理，道不私，故无名。无名故无为，无为而无不为。时有终始，世有变化。祸福淳淳，至有所拂者而有所宜。自殉殊面，有所正者有所差。比于大泽，百材皆度；观于大山，木石同坛。此之谓丘里之言。』

少知曰：『然则谓之道，足乎？』

大公调曰：『不然。今计物之数，不止于万，而期曰万物者，以数之多者号而读之也。是故天地者，形之大者也；阴阳者，气之大者也；道者为之公。因其大以号而读之则可也，已有之矣，乃将得比哉！则若以斯辩，譬犹狗马，其不及远矣。』

少知曰：『四方之内，六合之里，万物之所生恶起？』

大公调曰：『阴阳相照，相盖相治，四时相代，相生相杀。欲恶去就，于是桥起；雌雄片合，于是庸有。安危相易，祸福相生，缓急相摩，聚散以成。此名实之可纪，精微之可志也。随序之相理，桥运之相使，穷则反，终则始，此物之所有。言之所尽，知之所至，极物而已。睹道之人，不随其所废，不原其所起，此议之所止。』



少知曰：『季真之莫为，接子之或使，二家之议，孰正于其情，孰偏于其理？』

大公调曰：『鸡鸣狗吠，是人之所知。虽有大知，不能以言读其所自化，又不能以意测其所将为。斯而析之，精至于无伦，大至于不可围。或之使，莫之为，未免于物，而终以为过。或使则实，莫为则虚。有名有实，是物之居；无名无实，在物之虚。可言可意，言而愈疏。未生不可忌，已死不可阻。死生非远也，理不可睹。或之使，莫之为，疑之所假。吾观之本，其往无穷；吾求之末，其来无止。无穷无止，言之无也，与物同理；或使莫为，言之本也，与物终始。道不可有，有不可无。道之为名，所假而行。或使莫为，在物一曲，夫胡为于大方？言而足，则终日言而尽道；言而不足，则终日言而尽物。道物之极，言默不足以载。非言非默，议有所极。』

## 外物第二十六

外物不可必，故龙逢诛，比干戮，箕子狂，恶来死，桀、纣亡。人主莫不

欲其臣之忠，而忠未必信，故伍员流于江，苌弘死于蜀，藏其血三年而化为碧。人亲莫不欲其子之孝，而孝未必爱，故孝己忧而曾参悲。木与木相摩则然，金与火相守则流。阴阳错行，则天地大絯，于是乎有雷有霆，水中有火，乃焚大槐。有甚忧两陷而无所逃。螴蜳不得成，心若悬于天地之间，慰暋沈屯，利害相摩，生火甚多，众人焚和，月固不胜火，于是乎有僓然而道尽。

庄周家贫，故往贷粟于监河侯。监河侯曰：『诺。我将得邑金，将贷子三百金，可乎？』

庄周忿然作色曰：『周昨来，有中道而呼者。周顾视车辙，中有鲋鱼焉。周问之曰：「鲋鱼来，子何为者耶？」对曰：「我，东海之波臣也。君岂有斗升之水而活我哉！」周曰：「诺。我且南游吴越之土，激西江之水而迎子，可乎？」鲋鱼忿然作色曰：「吾失我常与，我无所处。吾得斗升之水然活耳。君乃言此，曾不如早索我于枯鱼之肆！」』

任公子为大钩巨缁，五十犗以为饵，蹲乎会稽，投竿东海，旦旦而钓，期年不得鱼。已而大鱼食之，牵巨钩，錎没而下，骛扬而奋鬐，白波若山，海水震荡，声侔鬼神，惮赫千里。任公子得若鱼，离而腊之，自制河以东，苍梧已北，莫不厌若鱼者。已而后世辁才讽说之徒，皆惊而相告也。夫揭竿累，趣灌渎，守鲵鲋，其于得大鱼难矣。饰小说以干县令，其于大达亦远矣。是以未尝闻任氏之风俗，其不可与经于世亦远矣。

儒以《诗》、《礼》发冢，大儒胪传曰：『东方作矣，事之何若？』

小儒曰：『未解裙襦，口中有珠。』

『《诗》固有之曰：「青青之麦，生于陵陂。生不布施，死何含珠为？」接其鬓，压其顪，儒以金椎控其颐，徐别其颊，无伤口中珠。』

老莱子之弟子出取薪，遇仲尼，反以告，曰：『有人于彼，修上而趋下，末偻而后耳，视若营四海，不知其谁氏之子。』

老莱子曰：『是丘也，召而来。』

仲尼至。曰：『丘，去汝躬矜，与汝容知，斯为君子矣。』

仲尼揖而退，蹙然改容而问曰：『业可得进乎？』

老莱子曰：『夫不忍一世之伤，而骜万世之患，抑固窭邪？亡其略弗及邪？惠以欢为骜，终身之丑，中民之行进焉耳！相引以名，相结以隐。与其誉尧而非桀，不如两忘而闭其所誉。反无非伤也，动无非邪也。圣人踌躇以兴事，以每成功。奈何哉，其载焉终矜尔！』

宋元君夜半而梦人被发窥阿门，曰：『予自宰路之渊，予为清江使河伯之所，渔者余且得予。』

元君觉，使人占之，曰：『此神龟也。』

君曰：『渔者有余且乎？』

左右曰：『有。』

君曰：『令余且会朝。』

明日，余且朝。君曰：『渔何得？』

对曰：『且之网得白龟焉，其圆五尺。』

君曰：『献若之龟。』

龟至，君再欲杀之，再欲活之。心疑，卜之。曰：『杀龟以卜，吉。』乃刳龟，七十二钻而无遗筴。

仲尼曰：『神龟能见梦于元君，而不能避余且之网；知能七十二钻而无遗筴，不能避刳肠之患。如是，则知有所困，神有所不及也。虽有至知，万人谋之。鱼不畏网而畏鹈鹕。去小知而大知明，去善而自善矣。婴儿生，无硕师而能言，与能言者处也。』

惠子谓庄子曰：『子言无用。』

庄子曰：『知无用而始可与言用矣。天地非不广且大也，人之所用容足耳。然则厕足而垫之致黄泉，人尚有用乎？』

惠子曰：『无用。』

庄子曰：『然则无用之为用也亦明矣。』

庄子曰：『人有能游，且得不游乎？人而不能游，且得游乎？夫流遁之志，决绝之行，噫，其非至知厚德之任与！覆坠而不反，火驰而不顾。虽相与为君臣，时也。易世而无以相贱。故曰：至人不留行焉。

夫尊古而卑今，学者之流也。且以狶韦氏之流观今之世，夫孰能不

波！唯至人乃能游于世而不僻，顺人而不失己。彼教不学，承意不彼。

目彻为明，耳彻为聪，鼻彻为颤，口彻为甘，心彻为知，知彻为德。凡道不欲壅，壅则哽，哽而不止则跈，跈则众害生。物之有知者恃息。其不殷，非天之罪。天之穿之，日夜无降，人则顾塞其窦。胞有重阆，心有天游。室无空虚，则妇姑勃谿；心无天游，则六凿相攘。大林丘山之善于人也，亦神者不胜。

德溢乎名，名溢乎暴，谋稽乎誸，知出乎争，柴生乎守，官事果乎众宜。春雨日时，草木怒生，铫鎒于是乎始修，草木之倒植者过半而不知其然。

静默可以补病，眦𡟸可以休老，宁可以止遽。虽然，若是，劳者之务也，佚者之所未尝过而问焉；圣人之所以骇天下，神人未尝过而问焉；贤人所以骇世，圣人未尝过而问焉；君子所以骇国，贤人未尝过而问焉；小人所以合时，君子未尝过而问焉。

演门有亲死者，以善毁爵为官师，其党人毁而死者半。尧与许由天下，许由逃之；汤与务光，务光怒之；纪他闻之，帅弟子而踆于窾水，诸侯吊之。三年，申徒狄因以踣河。





荃者所以在鱼，得鱼而忘荃；蹄者所以在兔，得兔而忘蹄；言者所以在意，得意而忘言。吾安得夫忘言之人而与之言哉！』

## 寓言第二十七

寓言十九，重言十七，卮言日出，和以天倪。寓言十九，藉外论之。亲父不为其子媒。亲父誉之，不若非其父者也；非吾罪也，人之罪也。与己同则应，不与己同则反；同于己为是之，异于己为非之。

重言十七，所以已言也，是为耆艾。年先矣，而无经纬本末以期年耆者，是非先也。人而无以先人，无人道也；人而无人道，是之谓陈人。

卮言日出，和以天倪，因以曼衍，所以穷年。不言则齐，齐与言不齐，言与齐不齐也，故曰：『言无言。』言无言，终身言，未尝言；终身不言，未尝不言。有自也而可，有自也而不可；有自也而然，有自也而不然。恶乎然？然于然。恶乎不然？不然于不然。恶乎可？可于可；恶乎不可？不可于不可。物固有所然，物固有所可；无物不然，无物不可。非

卮言日出，和以天倪，孰得其久！万物皆种也，以不同形相禅，始卒若环，莫得其伦，是谓天均。天均者，天倪也。

庄子谓惠子曰：『孔子行年六十而六十化。始时所是，卒而非之，未知今之所谓是之非五十九非也。』

惠子曰：『孔子勤志服知也。』

庄子曰：『孔子谢之矣，而其未之尝言。孔子云：夫受才乎大本，复灵以生。鸣而当律，言而当法。利义陈乎前，而好恶是非直服人之口而已矣。使人乃以心服而不敢蘁，立定天下之定。已乎，已乎！吾且不得及彼乎！』

曾子再仕而心再化，曰：『吾及亲仕，三釜而心乐；后仕，三千锺而不洎亲，吾心悲。』

弟子问于仲尼曰：『若参者，可谓无所县其罪乎？』

曰：『既已县矣。夫无所县者，可以有哀乎？彼视三釜三千锺，如观乌雀蚊虻相过乎前也。』



颜成子游谓东郭子綦曰：『自吾闻子之言，一年而野，二年而从，三年而通，四年而物，五年而来，六年而鬼入，七年而天成，八年而不知死、不知生，九年而大妙。生有为，死也。劝公以其私，死也，有自也；而生阳也，无自也。而果然乎？恶乎其所适，恶乎其所不适？天有历数，地有人据，吾恶乎求之？莫知其所终，若之何其无命也？莫知其所始，若之何其有命也？有以相应也，若之何其无鬼邪？无以相应也，若之何其有鬼邪？』

罔两问于景曰：『若向也俯而今也仰，向也括撮而今也被发，向也坐而今也起，向也行而今也止，何也？』

景曰：『搜搜也，奚稍问也！予有而不知其所以。予，蜩甲也，蛇蜕也，似之而非也。火与日，吾屯也；阴与夜，吾代也。彼，吾所以有待邪，而况乎以无有待者乎！彼来则我与之来，彼往则我与之往，彼强阳则我与之强阳。强阳者，又何以有问乎！』

阳子居南之沛，老聃西游于秦，邀于郊，至于梁而遇老子。老子中道仰天而叹曰：『始以汝为可教，今不可也。』

阳子居不答。至舍，进盥漱巾栉，脱屦户外，膝行而前，曰：『向者弟子欲请夫子，夫子行不闲，是以不敢。今闲矣，请问其过。』

老子曰：『而睢睢盱盱，而谁与居？大白若辱，盛德若不足。』

阳子居蹴然变容曰：『敬闻命矣！』

其往也，舍者迎将其家，公执席，妻执巾栉，舍者避席，炀者避灶。其反也，舍者与之争席矣。

## 让王第二十八

尧以天下让许由，许由不受。又让于子州支父，子州支父曰：『以我为天子，犹之可也。虽然，我适有幽忧之病，方且治之，未暇治天下也。』夫天下至重也，而不以害其生，又况他物乎！唯无以天下为者，可以托天下也。

舜让天下于子州之伯，子州支伯曰：『予适有幽忧之病，方且治之，未暇治天下也。』故天下大器也，而不以易生，此有道者之所以异乎俗者也。

舜以天下让善卷，善卷曰：『余立于宇宙之中，冬日衣皮毛，夏日衣葛絺。春耕种，形足以劳动；秋收敛，身足以休食。日出而作，日入而息，逍遥于天地之间，而心意自得。吾何以天下为哉！悲夫！子之不知余也！』遂不受。于是去而入深山，莫知其处。

舜以天下让其友石户之农。石户之农曰：『捲捲乎后之为人，葆力之士也。』以舜之德为未至也。于是夫负妻戴，携子以入于海，终身不反也。

大王亶父居邠，狄人攻之。事之以皮帛而不受，事之以犬马而不受，事之以珠玉而不受。狄人之所求者土地也。大王亶父曰：『与人之兄居而杀其弟，与人之父居而杀其子，吾不忍也。子皆勉居矣！为吾臣与为狄人臣奚以异！且吾闻之：不以所用养害所养。』因杖筴而去之，民相连而从之。遂成国于岐山之下。夫大王亶父可谓能尊生矣。能尊生者，虽贵富不以养伤身，虽贫贱不以利累形。今世之人居高官尊爵者，皆重失之。见利轻亡其身，岂不惑哉！

越人三世弑其君，王子搜患之，逃乎丹穴。而越国无君。求王子搜不

得，从之丹穴。王子搜不肯出，越人熏之以艾。乘以王舆。王子搜援绥登车，仰天而呼曰：『君乎！君乎！独不可以舍我乎！』王子搜非恶为君也，恶为君之患也。若王子搜者，可谓不以国伤生矣，此固越人之所欲得为君也。

韩魏相与争侵地。子华子见昭僖侯，昭僖侯有忧色。子华子曰：『今使天下书铭于君之前，书之言曰：「左手攫之则右手废，右手攫之则左手废。然而攫之者必有天下。」君能攫之乎？』

昭僖侯曰：『寡人不攫也。』

子华子曰：『甚善！自是观之，两臂重于天下也。身亦重于两臂。韩之轻于天下亦远矣！今之所争者，其轻于韩又远。君固愁身伤生以忧戚之不得也！』

僖侯曰：『善哉！教寡人者众矣，未尝得闻此言也。』子华子可谓知轻重矣！

鲁君闻颜阖得道之人也，使人以币先焉。颜阖守陋闾，苴布之衣，而自饭牛。鲁君之使者至，颜阖自对之。使者曰：『此颜阖之家与？』

颜阖对曰：『此阖之家也。』

使者致币，颜阖对曰：『恐听谬而遗使者罪，不若审之。』使者还，反审之，复来求之，则不得已。故若颜阖者，真恶富贵也。

故曰：道之真以治身，其绪余以为国家，其土苴以治天下。由此观之，帝王之功，圣人之余事也，非所以完身养生也。今世俗之君子，多危身弃生以殉物，岂不悲哉！

凡圣人之动作也，必察其所以之与其所以为。今且有人于此，以随侯之珠，弹千仞之雀，世必笑之。是何也？则其所用者重而所要者轻也。夫生者，岂特随侯珠之重哉！

子列子穷，容貌有饥色。客有言之于郑子阳者，曰：『列御寇，盖有道之士也，居君之国而穷，君无乃为不好士乎？』郑子阳即令官遗之粟。子列子见使者，再拜而辞。

使者去，子列子入，其妻望之而拊心曰：『妾闻为有道者之妻子，皆得

佚乐。今有饥色，君过而遗先生食，先生不受，岂不命邪？』

子列子笑，谓之曰：『君非自知我也，以人之言而遗我粟，至其罪我也，又且以人之言，此吾所以不受也。』其卒，民果作难而杀子阳。

楚昭王失国，屠羊说走而从于昭王。昭王反国，将赏从者，及屠羊说。屠羊说曰：『大王失国，说失屠羊；大王反国，说亦反屠羊。臣之爵禄已复矣，又何赏之有。』

王曰：『强之。』

屠羊说曰：『大王失国，非臣之罪，故不敢伏其诛；大王反国，非臣之功，故不敢当其赏。』

王曰：『见之。』

屠羊说曰：『楚国之法，必有重赏大功而后得见。今臣之知不足以存国，而勇不足以死寇。吴军入郢，说畏难而避寇，非故随大王也。今大王欲废法毁约而见说，此非臣之所以闻于天下也。』

王谓司马子綦曰：『屠羊说居处卑贱而陈义甚高，子綦为我延之以三旌之位。』

屠羊说曰：『夫三旌之位，吾知其贵于屠羊之肆也；万锺之禄，吾知其富于屠羊之利也。然岂可以贪爵禄而使吾君有妄施之名乎？说不敢当，愿复反吾屠羊之肆。』遂不受也。

原宪居鲁，环堵之室，茨以生草，蓬户不完，桑以为枢，而瓮牖二室，褐以为塞；上漏下湿，匡坐而弦歌。

子贡乘大马，中绀而表素，轩车不容巷，往见原宪。原宪华冠縰履，杖藜而应门。

子贡曰：『嘻！先生何病？』

原宪应之曰：『宪闻之，无财谓之贫，学而不能行谓之病。今宪贫也，非病也。』

子贡逡巡而有愧色。

原宪笑曰：『夫希世而行，比周而友，学以为人，教以为己，仁义之慝，舆马之饰，宪不忍为也。』

曾子居卫，缊袍无表，颜色肿哙，手足胼胝，三日不举火，十年不制衣。正冠而缨绝，捉衿而肘见，纳屦而踵决。曳縰而歌《商颂》，声满天地，若出金石。天子不得臣，诸侯不得友。故养志者忘形，养形者忘利，致道者忘心矣。

孔子谓颜回曰：『回，来！家贫居卑，胡不仕乎？』

颜回对曰：『不愿仕。回有郭外之田五十亩，足以给饣粥；郭内之田十亩，足以为丝麻；鼓琴足以自娱；所学夫子之道者足以自乐也。回不愿仕。』

孔子愀然变容，曰：『善哉，回之意！丘闻之：「知足者，不以利自累也；审自得者，失之而不惧；行修于内者，无位而不怍。」丘诵之久矣，今于回而后见之，是丘之得也。』

中山公子牟谓瞻子曰：『身在江海之上，心居乎魏阙之下，奈何？』

瞻子曰：『重生。重生则轻利。』

中山公子牟曰：『虽知之，未能自胜也。』

瞻子曰：『不能自胜则从之，神无恶乎！不能自胜而强不从者，此之谓重伤。重伤之人，无寿类矣！』





魏牟，万乘之公子也，其隐岩穴也，难为于布衣之士，虽未至乎道，可谓有其意矣！

孔子穷于陈蔡之间，七日不火食，藜羹不糁，颜色甚惫，而独弦歌于室。颜回择菜，子路、子贡相与言曰：『夫子再逐于鲁，削迹于卫，伐树于宋，穷于商周，围于陈蔡。杀夫子者无罪，藉夫子者无禁。弦歌鼓琴，未尝绝音，君子之无耻也若此乎？』

颜回无以应，入告孔子。孔子推琴，喟然而叹曰：『由与赐，细人也。召而来，吾语之。』

子路、子贡入。子路曰：『如此者，可谓穷矣！』

孔子曰：『是何言也！君子通于道之谓通，穷于道之谓穷。今丘抱仁义之道以遭乱世之患，其何穷之为！故内省而不穷于道，临难而不失其德。大寒既至，霜雪既降，吾是以知松柏之茂也。陈蔡之隘，于丘其幸

乎！』

孔子削然反琴而弦歌，子路扢然执干而舞。子贡曰：『吾不知天之高也，地之下也。』

古之得道者，穷亦乐，通亦乐。所乐非穷通也，道德于此，则穷通为寒暑风雨之序矣。故许由娱于颍阳，而共伯得乎丘首。

舜以天下让其友北人无择，北人无择曰：『异哉，后之为人也，居于畎亩之中，而游尧之门！不若是而已，又欲以其辱行漫我。吾羞见之。』因自投清泠之渊。

汤将伐桀，因卞随而谋，卞随曰：『非吾事也。』

汤曰：『孰可？』

曰：『吾不知也。』

汤又因务光而谋，务光曰：『非吾事也。』

汤曰：『孰可？』

曰：『吾不知也。』



汤曰：『伊尹何如？』

曰：『强力忍垢，吾不知其他也。』

汤遂与伊尹谋伐桀，克之。以让卞随。卞随辞曰：『后之伐桀也谋乎我，必以我为贼也；胜桀而让我，必以我为贪也。吾生乎乱世，而无道之人再来漫我以其辱行，吾不忍数闻也。』乃自投椆水而死。

汤又让务光，曰：『知者谋之，武者遂之，仁者居之，古之道也。吾子胡不立乎？』

务光辞曰：『废上，非义也；杀民，非仁也；人犯其难，我享其利，非廉也。吾闻之曰：「非其义者，不受其禄；无道之世，不践其土。」况尊我乎！吾不忍久见也。』乃负石而自沈于庐水。

昔周之兴，有士二人处于孤竹，曰伯夷、叔齐。二人相谓曰：『吾闻西方有人，似有道者，试往观焉。』至于岐阳，武王闻之，使叔旦往见之。与之盟曰：『加富二等，就官一列。』血牲而埋之。

二人相视而笑，曰：『嘻，异哉！此非吾所谓道也。昔者神农之有天下也，时祀尽敬而不祈喜；其于人也，忠信尽治而无求焉。乐与政为政，乐与治为治。不以人之坏自成也，不以人之卑自高也，不以遭时自利也。今周见殷之乱而遽为政，上谋而行货，阻兵而保威，割牲而盟以为信，扬行以说众，杀伐以要利，是推乱以易暴也。吾闻古之士，遭治世不避其任，遇乱世不为苟存。今天下闇，周德衰，其并乎周以涂吾身也，不如避之，以洁吾行。』二子北至于首阳之山，遂饿而死焉。若伯夷、叔齐者，其于富贵也，苟可得已，则必不赖。高节戾行，独乐其志，不事于世。此二士之节也。

## 盗跖第二十九

孔子与柳下季为友，柳下季之弟，名曰盗跖。盗跖从卒九千人，横行天下，侵暴诸侯，穴室枢户，驱人牛马，取人妇女，贪得忘亲，不顾父母兄弟，不祭先祖。所过之邑，大国守城，小国入保，万民苦之。

孔子谓柳下季曰：『夫为人父者，必能诏其子；为人兄者，必能教其弟。若父不能诏其子，兄不能教其弟，则无贵父子兄弟之亲矣。今先生，世之才士也，弟为盗跖，为天下害，而弗能教也，丘窃为先生羞之。丘请为先生往说之。』

柳下季曰：『先生言为人父者必能诏其子，为人兄者必能教其弟，若子不听父之诏，弟不受兄之教，虽今先生之辩，将奈之何哉！且跖之为人也，心如涌泉，意如飘风，强足以距敌，辩足以饰非。顺其心则喜，逆其心则怒，易辱人以言。先生必无往。』

孔子不听，颜回为驭，子贡为右，往见盗跖。

盗跖乃方休卒徒于太山之阳，脍人肝而餔之。孔子下车而前，见谒者曰：『鲁人孔丘，闻将军高义，敬再拜谒者。』

谒者入通。盗跖闻之大怒，目如明星，发上指冠，曰：『此夫鲁国之巧伪人孔丘非邪？为我告之：「尔作言造语，妄称文、武，冠枝木之冠，带死牛之胁，多辞缪说，不耕而食，不织而衣，摇唇鼓舌，擅生是非，以迷天下之主，使天下学士不反其本，妄作孝弟，而侥幸于封侯富贵者也。子之罪大极重，疾走归！不然，我将以子肝益昼餔之膳！」

孔子复通曰：『丘得幸于季，愿望履幕下。』

谒者复通。盗跖曰：『使来前！』

孔子趋而进，避席反走，再拜盗跖。盗跖大怒，两展其足，案剑瞋目，声如乳虎，曰：『丘来前！若所言顺吾意则生，逆吾心则死。』

孔子曰：『丘闻之，凡天下有三德：生而长大，美好无双，少长贵贱见而皆说之，此上德也；知维天地，能辩诸物，此中德也；勇悍果敢，聚众率兵，此下德也。凡人有此一德者，足以南面称孤矣。今将军兼此三者，身长八尺二寸，面目有光，唇如激丹，齿如齐贝，音中黄钟，而名曰盗跖，丘窃为将军耻不取焉。将军有意听臣，臣请南使吴越，北使齐鲁，东使宋卫，西使晋楚，使为将军造大城数百里，立数十万户之邑，尊将军为诸侯，与天下更始，罢兵休卒，收养昆弟，共祭先祖。此圣人才士之行，而天下之愿也。』

盗跖大怒曰：『丘来前！夫可规以利而可谏以言者，皆愚陋恒民之谓耳。今长大美好，人见而悦之者，此吾父母之遗德也，丘虽不吾誉，吾独不自知邪？

『且吾闻之，好面誉人者，亦好背而毁之。今丘告我以大城众民，是欲规我以利而恒民畜我也，安可久长也！城之大者，莫大乎天下矣。尧、舜有天下，子孙无置锥之地；汤、武立为天子，而后世绝灭。非以其利大故邪？且吾闻之，古者禽兽多而人少，于是民皆巢居以避之。昼拾橡栗，暮栖木上，故命之曰「有巢氏之民」。古者民不知衣服，夏多积薪，冬则炀之，故命之曰「知生之民」。神农之世，卧则居居，起则于于，民知其母，不知其父，与麋鹿共处，耕而食，织而衣，无有相害之心，此至德之隆也。然而黄帝不能致德，与蚩尤战于涿鹿之野，流血百里。尧、舜作，立群臣，汤放其主，武王杀纣。自是之后，以强陵弱，以众暴寡。汤、武以来，皆乱人之徒也。

『今子修文、武之道，掌天下之辩，以教后世。缝衣浅带，矫言伪行，以迷惑天下之主，而欲求富贵焉，盗莫大于子。天下何故不谓子为盗丘，而乃谓我为盗跖？子以甘辞说子路而使从之，使子路去其危冠，解其长剑，而受教于子。天下皆曰：「孔丘能止暴禁非。」其卒之也，子路欲杀卫君而事

不成，身菹于卫东门之上，是子教之不至也。子自谓才士圣人邪？则再逐于鲁，削迹于卫，穷于齐，围于陈蔡，不容身于天下。子教子路菹此患，上无以为身，下无以为人。子之道岂足贵邪？

『世之所高，莫若黄帝。黄帝尚不能全德，而战于涿鹿之野，流血百里。尧不慈，舜不孝，禹偏枯，汤放其主，武王伐纣，文王拘羑里。此六子者，世之所高也。孰论之，皆以利惑其真而强反其情性，其行乃甚可羞也。

『世之所谓贤士：伯夷、叔齐。伯夷、叔齐辞孤竹之君，而饿死于首阳之山，骨肉不葬。鲍焦饰行非世，抱木而死。申徒狄谏而不听，负石自投于河，为鱼鳖所食。介子推至忠也，自割其股以食文公。文公后背之，子推怒而去，抱木而燔死。尾生与女子期于梁下，女子不来，水至不去，抱梁柱而死。此六子者，无异于磔犬流豕、操瓢而乞者，皆离名轻死，不念本养寿命者也。

『世之所谓忠臣者，莫若王子比干、伍子胥。子胥沉江，比干剖心。此二子者，世谓忠臣也，然卒为天下笑。自上观之，至于子胥、比干，皆不足贵也。





『丘之所以说我者，若告我以鬼事，则我不能知也；若告我以人事者，不过此矣，皆吾所闻知也。

『今吾告子以人之情：目欲视色，耳欲听声，口欲察味，志气欲盈。人上寿百岁，中寿八十，下寿六十，除病瘦死丧忧患，其中开口而笑者，一月之中不过四五日而已矣。天与地无穷，人死者有时。操有时之具，而托于无穷之间，忽然无异骐骥之驰过隙也。不能说其志意、养其寿命者，皆非通道者也。

『丘之所言，皆吾之所弃也。亟去走归，无复言之！子之道，狂狂汲汲，诈巧虚伪事也，非可以全真也，奚足论哉！』

孔子再拜趋走，出门上车，执辔三失，目芒然无见，色若死灰，据轼低头，不能出气。归到鲁东门外，适遇柳下季。柳下季曰：『今者阙然数日不见，车马有行色，得微往见跖邪？』

孔子仰天而叹曰：『然。』

柳下季曰：『跖得无逆汝意若前乎？』

孔子曰：『然。丘所谓无病而自灸也，疾走料虎头，编虎须，几不免虎口哉！』

子张问于满苟得曰：『盍不为行？无行则不信，不信则不任，不任则不利。故观之名，计之利，而义真是也。若弃名利，反之于心，则夫士之为行，不可一日不为乎！』

满苟得曰：『无耻者富，多信者显。夫名利之大者，几在无耻而信。故观之名，计之利，而信真是也。若弃名利，反之于心，则夫士之为行，抱其天乎！』

子张曰：『昔者桀、纣贵为天子，富有天下。今谓臧聚曰：「汝行如桀、纣」，则有怍色，有不服之心者，小人所贱也。仲尼、墨翟，穷为匹夫，今谓宰相曰「子行如仲尼、墨翟。」则变容易色，称不足者，士诚贵也。故势为天子，未必贵也；穷为匹夫，未必贱也。贵贱之分，在行之美恶。』

满苟得曰：『小盗者拘，大盗者为诸侯。诸侯之门，义士存焉。昔者桓公小白杀兄入嫂，而管仲为臣；田成子常杀君窃国，而孔子受币。论则贱之，行则下之，则是言行之情悖战于胸中也，不亦拂乎！故《书》曰：「孰恶孰美？成者为首，不成者为尾。」』

子张曰：『子不为行，即将疏戚无伦，贵贱无义，长幼无序。五纪六位，将何以为别乎？』

满苟得曰：『尧杀长子，舜流母弟，疏戚有伦乎？汤放桀，武王杀纣，贵贱有义乎？王季为适，周公杀兄，长幼有序乎？儒者伪辞，墨者兼爱，五纪六位，将有别乎？

『且子正为名，我正为利。名利之实，不顺于理，不监于道。吾日与子讼于无约，曰「小人殉财，君子殉名，其所以变其情、易其性则异矣；乃至于弃其所为而殉其所不为则一也。」故曰：无为小人，反殉而天；无为君子，从天之理。若枉若直，相而天极；面观四方，与时消息。若是若非，执而圆机；独成而意，与道徘徊。无转而行，无成而义，将失而所为。无赴而富，无殉而成，将弃而天。

『比干剖心，子胥抉眼，忠之祸也；直躬证父，尾生溺死，信之患也；鲍子立干，申子自埋，廉之害也；孔子不见母，匡子不见父，义之失也。此上世之所传、下世之所语以为士者，正其言，必其行，故服其殃、离其患也。』

无足问于知和曰：『人卒未有不兴名就利者。彼富则人归之，归则下之，下则贵之。夫见下贵者，所以长生安体乐意之道也。今子独无意焉，知不足邪？意知而力不能行邪？故推正不妄邪？』

知和曰：『今夫此人，以为与己同时而生，同乡而处者，以为夫绝俗过世之士焉，是专无主正，所以览古今之时、是非之分也。与俗化世，去至重，弃至尊，以为其所为也。此其所以论长生安体乐意之道，不亦远乎！惨怛之疾，恬愉之安，不监于体；怵惕之恐，欣欢之喜，不监于心。知为为而不知所以为，是以贵为天子，富有天下，而不免于患也。』

无足曰：『夫富之于人，无所不利。穷美究势，至人之所不得逮，贤人之所不能及。侠人之勇力而以为威强，秉人之知谋以为明察，因人之德以为贤良，非享国而严若君父。且夫声色滋味权势之于人，心不待学而乐之，体不待象而安之。夫欲恶避就，固不待师，此人之性也。天下虽非我，孰能辞之？』

知和曰：『知者之为，故动以百姓，不违其度，是以足而不争，无以为故不求。不足故求之，争四处而不自以为贪；有余故辞之，弃天下而不自以为廉。廉贪之实，非以迫外也，反监之度。势为天子，而不以贵骄人；富有天下，而不以财戏人。计其患，虑其反，以为害于性，故辞而不受也，非以要名誉也。尧、舜为帝而雍，非仁天下也，不以美害生；善卷、许由得帝而不受，非虚辞让也，不以事害己。此皆就其利、辞其害，而天下称贤焉，则可以有之，彼非以兴名誉也。』

无足曰：『必持其名，苦体绝甘，约养以持生，则亦久病长厄而不死者也。』

知和曰：『平为福，有余为害者，物莫不然，而财其甚者也。今富人，耳营钟鼓管籥之声，口嗛于刍豢醪醴之味，以感其意，遗忘其业，可谓乱矣；侅溺于冯气，若负重行而上阪也，可谓苦矣；贪财而取慰，贪权而取

竭，静居则溺，体泽则冯，可谓疾矣；为欲富就利，故满若堵耳而不知避，且冯而不舍，可谓辱矣；财积而无用，服膺而不舍，满心戚醮，求益而不止，可谓忧矣；内则疑劫请之贼，外则畏寇盗之害，内周楼疏，外不敢独行，可谓畏矣。此六者，天下之至害也，皆遗忘而不知察。及其患至，求尽性竭财单以反一日之无故而不可得也。故观之名则不见，求之利则不得。缭意绝体而争此，不亦惑乎！」

## 说剑第三十

昔赵文王喜剑，剑士夹门而客三千余人，日夜相击于前，死伤者岁百余人。好之不厌。如是三年，国衰。诸侯谋之。

太子悝患之，募左右曰：「孰能说王之意止剑士者，赐之千金。」

左右曰：「庄子当能。」

太子乃使人以千金奉庄子。庄子弗受，与使者俱往见太子，曰：「太子何以教周，赐周千金？」

太子曰：「闻夫子明圣，谨奉千金以币从者。夫子弗受，悝尚何敢言。」

庄子曰：「闻太子所欲用周者，欲绝王之喜好也。使臣上说大王而逆王意，下不当太子，则身刑而死，周尚安所事金乎？使臣上说大王，下当太子，赵国何求而不得也！」

太子曰：「然。吾王所见，唯剑士也。」

庄子曰：「诺。周善为剑。」

太子曰：「然吾王所见剑士，皆蓬头突鬓，垂冠，曼胡之缨，短后之衣，瞋目而语难，王乃说之。今夫子必儒服而见王，事必大逆。」

庄子曰：「请治剑服。」治剑服三日，乃见太子。太子乃与见王。王脱白刃待之。庄子入殿门不趋，见王不拜。王曰：「子欲何以教寡人，使太子先焉？」

曰：「臣闻大王喜剑，故以剑见王。」

王曰：「子之剑何能禁制？」

曰：「臣之剑十步一人，千里不留行。」

王大悦之，曰：『天下无敌矣。』

庄子曰：『夫为剑者，示之以虚，开之以利，后之以发，先之以至。愿得试之。』

王曰：『夫子休，就舍待命，设戏请夫子。』

王乃校剑士七日，死伤者六十余人，得五六人，使奉剑于殿下，乃召庄子。王曰：『今日试使士敦剑。』

庄子曰：『望之久矣！』

王曰：『夫子所御杖，长短何如？』

曰：『臣之所奉皆可。然臣有三剑，唯王所用。请先言而后试。』

王曰：『愿闻三剑。』

曰：『有天子剑，有诸侯剑，有庶人剑。』

王曰：『天子之剑何如？』

曰：『天子之剑，以燕谿石城为锋，齐岱为锷，晋卫为脊，周宋为镡，韩魏为夹；包以四夷，裹以四时，绕以渤海，带以常山；制以五行，论以刑德；开以阴阳，持以春夏，行以秋冬。此剑，直之无前，举之无上，案之无下，运之无旁。上决浮云，下绝地纪。此剑一用，匡诸侯，天下服矣。此天子之剑也。』

文王芒然自失，曰：『诸侯之剑何如？』

曰：『诸侯之剑，以知勇士为锋，以清廉士为锷，以贤良士为脊，以忠圣士为镡，以豪桀士为夹。此剑，直之亦无前，举之亦无上，案之亦无下，运之亦无旁；上法圆天以顺三光，下法方地以顺四时，中和民意以安四乡。此剑一用，如雷霆之震也，四封之内，无不宾服而听从君命者矣。此诸侯之剑也。』

王曰：『庶人之剑何如？』

曰：『庶人之剑，蓬头突鬓，垂冠，曼胡之缨，短后之衣，瞋目而语难；相击于前，上斩颈领，下决肝肺。此庶人之剑，无异于斗鸡，一旦命已绝矣，无所用于国事。今大王有天子之位而好庶人之剑，臣窃为大王薄之。』

王乃牵而上殿，宰人上食，王三环之。庄子曰：『大王安坐定气，剑事

已毕奏矣！』

于是文王不出宫三月，剑士皆服毙其处也。

## 渔父第三十一

孔子游乎缁帷之林，休坐乎杏坛之上。弟子读书，孔子弦歌鼓琴。奏曲未半，有渔父者，下船而来，须眉交白，被发揄袂，行原以上，距陆而止，左手据膝，右手持颐以听。曲终而招子贡、子路，二人俱对。

客指孔子曰：『彼何为者也？』

子路对曰：『鲁之君子也。』

客问其族。子路对曰：『族孔氏。』

客曰：『孔氏者何治也？』

子路未应，子贡对曰：『孔氏者，性服忠信，身行仁义，饰礼乐，选人伦，上以忠于世主，下以化于齐民，将以利天下。此孔氏之所治也。』

又问曰：『有土之君与？』

子贡曰：『非也。』





『侯王之佐与？』

子贡曰：『非也。』

客乃笑而还，行言曰：『仁则仁矣，恐不免其身。苦心劳形，以危其真。呜呼！远哉，其分于道也！』

子贡还，报孔子。孔子推琴而起，曰：『其圣人与！』乃下求之。至于泽畔，方将杖拏而引其船，顾见孔子，还乡而立。孔子反走，再拜而进。

客曰：『子将何求？』

孔子曰：『曩者先生有绪言而去，丘不肖，未知所谓，窃待于下风，幸闻咳唾之音，以卒相丘也。』

客曰：『嘻！甚矣，子之好学也！』

孔子再拜而起，曰：『丘少而修学，以至于今，六十九岁矣，无所得闻至教，敢不虚心！』

客曰：『同类相从，同声相应，固天之理也。吾请释吾之所有而经子之所以。子之所以者，人事也。天子、诸侯、大夫、庶人，此四者自正，治之

美也；四者离位而乱莫大焉。官治其职，人忧其事，乃无所陵。故田荒室露，衣食不足，徵赋不属，妻妾不和，长少无序，庶人之忧也；能不胜任，官事不治，行不清白，群下荒怠，功美不有，爵禄不持，大夫之忧也；廷无忠臣，国家昏乱，工技不巧，贡职不美，春秋后伦，不顺天子，诸侯之忧也；阴阳不和，寒暑不时，以伤庶物，诸侯暴乱，擅相攘伐，以残民人，礼乐不节，财用穷匮，人伦不饬，百姓淫乱，天子之忧也。今子既上无君侯有司之势，而下无大臣职事之官，而擅饰礼乐，选人伦，以化齐民，不泰多事乎？

『且人有八疵，事有四患，不可不察也。非其事而事之，谓之摠；莫之顾而进之，谓之佞；希意道言，谓之谄；不择是非而言，谓之谀；好言人之恶，谓之谗；析交离亲，谓之贼；称誉诈伪以败恶人，谓之慝；不择善否，两容颊适，偷拔其所欲，谓之险。此八疵者，外以乱人，内以伤身，君子不友，明君不臣。所谓四患者：好经大事，变更易常，以挂功名，谓之叨；专知擅事，侵人自用，谓之贪；见过不更，闻谏愈甚，谓之很；人同于己则可，不同于己，虽善不善，谓之矜。此四患也。能去八疵，无行四患，而始可教已。』

孔子愀然而叹，再拜而起，曰：『丘再逐于鲁，削迹于卫，伐树于宋，围于陈蔡。丘不知所失，而离此四谤者何也？』

客凄然变容曰：『甚矣，子之难悟也！人有畏影恶迹而去之走者，举足愈数而迹愈多，走愈疾而影不离身，自以为尚迟，疾走不休，绝力而死。不知处阴以休影，处静以息迹，愚亦甚矣！子审仁义之间，察同异之际，观动静之变，适受与之度，理好恶之情，和喜怒之节，而几于不免矣。谨修而身，慎守其真，还以物与人，则无所累矣。今不修之身而求之人，不亦外乎！』

孔子愀然曰：『请问何谓真？』

客曰：『真者，精诚之至也。不精不诚，不能动人。故强哭者，虽悲不哀；强怒者，虽严不威；强亲者，虽笑不和。真悲无声而哀，真怒未发而威，真亲未笑而和。真在内者，神动于外，是所以贵真也。其用于人理也，事亲则慈孝，事君则忠贞，饮酒则欢乐，处丧则悲哀。忠贞以功为主，饮酒

以乐为主，处丧以哀为主，事亲以适为主。功成之美，无一其迹矣。事亲以适，不论所以矣；饮酒以乐，不选其具矣；处丧以哀，无问其礼矣。礼者，世俗之所为也；真者，所以受于天也，自然不可易也。故圣人法天贵真，不拘于俗。愚者反此。不能法天而恤于人，不知贵真，禄禄而受变于俗，故不足。惜哉，子之蚤湛于人伪而晚闻大道也！』

孔子又再拜而起曰：『今者丘得遇也，若天幸然。先生不羞而比之服役而身教之。敢问舍所在，请因受业而卒学大道。』

客曰：『吾闻之，可与往者，与之至于妙道；不可与往者，不知其道，慎勿与之，身乃无咎。子勉之，吾去子矣，吾去子矣！』乃刺船而去，延缘苇间。

颜渊还车，子路授绥，孔子不顾，待水波定，不闻拏音而后敢乘。

子路旁车而问曰：『由得为役久矣，未尝见夫子遇人如此其威也。万乘之主，千乘之君，见夫子未尝不分庭伉礼，夫子犹有倨傲之容。今渔父杖拏逆立，而夫子曲要磬折，言拜而应，得无太甚乎？门人皆怪夫子矣，渔父何以得此乎？』

孔子伏轼而叹，曰：『甚矣，由之难化也！湛于礼义有间矣，而朴鄙之心至今未去。进，吾语汝！夫遇长不敬，失礼也；见贤不尊，不仁也。彼非至人，不能下人。下人不精，不得其真，故长伤身。惜哉！不仁之于人也，祸莫大焉，而由独擅之。且道者，万物之所由也。庶物失之者死，得之者生；为事逆之则败，顺之则成。故道之所在，圣人尊之。今渔父之于道，可谓有矣，吾敢不敬乎！』

## 列御寇第三十二

列御寇之齐，中道而反，遇伯昏瞀人。伯昏瞀人曰：『奚方而反？』

曰：『吾惊焉。』

曰：『恶乎惊？』

曰：『吾尝食于十浆，而五浆先馈。』

伯昏瞀人曰：『若是，则汝何为惊已？』

曰：『夫内诚不解，形谍成光，以外镇人心，使人轻乎贵老，而鳌其所

患。夫浆人特为食羹之货，无多余之赢，其为利也薄，其为权也轻，而犹若是，而况于万乘之主乎！身劳于国而知尽于事。彼将任我以事，而效我以功。吾是以惊。』

伯昏瞀人曰：『善哉观乎！女处已，人将保汝矣！』

无几何而往，则户外之屦满矣。伯昏瞀人北面而立，敦杖蹙之乎颐。立有间，不言而出。宾者以告列子，列子提屦，跣而走，暨乎门，曰：『先生既来，曾不发药乎？』

曰：『已矣，吾固告汝曰：人将保汝，果保汝矣！非汝能使人保汝，而汝不能使人无保汝也，而焉用之感豫出异也。必且有感，摇而本性，又无谓也。与汝游者，又莫汝告也。彼所小言，尽人毒也。莫觉莫悟，何相孰也。巧者劳而知者忧，无能者无所求，饱食而敖游，汎若不系之舟，虚而敖游者也！』

郑人缓也，呻吟裘氏之地，只三年而缓为儒。河润九里，泽及三族，使其弟墨。儒、墨相与辩，其父助翟。十年而缓自杀。其父梦之曰：『使而子为墨者，予也，阖尝视其良，既为秋柏之实矣。』

夫造物者之报人也，不报其人而报其人之天，彼故使彼。夫人以己为有以异于人，以贱其亲。齐人之井饮者相捽也。故曰：今之世皆缓也。自是有德者以不知也，而况有道者乎！古者谓之遁天之刑。

圣人安其所安，不安其所不安；众人安其所不安，不安其所安。

庄子曰：『知道易，勿言难。知而不言，所以之天也。知而言之，所以之人也。古之人，天而不人。』

朱泙漫学屠龙于支离益，单千金之家，三年技成而无所用其巧。

圣人以必不必，故无兵；众人以不必必之，故多兵。顺于兵，故行有求。兵，恃之则亡。

小夫之知，不离苞苴竿牍，敝精神乎蹇浅，而欲兼济道物，太一形虚。若是者，迷惑于宇宙，形累不知太初。彼至人者，归精神乎无始，而甘冥乎无何有之乡。水流乎无形，发泄乎太清。悲哉乎！汝为知在毫毛而不知大宁。

宋人有曹商者，为宋王使秦。其往也，得车数乘。王说之，益车百乘。反于宋，见庄子，曰：『夫处穷闾厄巷，困窘织屦，槁项黄馘者，商之所短也；一悟万乘之主而从车百乘者，商之所长也。』

庄子曰：『秦王有病召医，破痈溃痤者得车一乘，舐痔者得车五乘，所治愈下，得车愈多。子岂治其痔邪？何得车之多也？子行矣！』

鲁哀公问乎颜阖曰：『吾以仲尼为贞干，国其有瘳乎？』

曰：『殆哉圾乎！仲尼方且饰羽而画，从事华辞。以支为旨，忍性以视民，而不知不信。受乎心，宰乎神，夫何足以上民！彼宜女与？予颐与？误而可矣！今使民离实学伪，非所以视民也。为后世虑，不若休之。难治也！』

施于人而不忘，非天布也，商贾不齿。虽以事齿之，神者弗齿。

为外刑者，金与木也；为内刑者，动与过也。宵人之离外刑者，金木讯之；离内刑者，阴阳食之。夫免乎外内之刑者，唯真人能之。

孔子曰：『凡人心险于山川，难于知天。天犹有春秋冬夏旦暮之期，人者厚貌深情。故有貌愿而益，有长若不肖，有顺懁而达，有坚而缦，有缓而釬。故其就义若渴者，其去义若热。故君子远使之而观其忠，近使之而观其敬，烦使之而观其能，卒然问焉而观其知，急与之期而观其信，委之以财而观其仁，告之以危而观其节，醉之以酒而观其侧，杂之以处而观其色。九徵至，不肖人得矣。』

正考父一命而伛，再命而偻，三命而俯，循墙而走，孰敢不轨！如而夫者，一命而吕钜，再命而于车上儛，三命而名诸父，孰协唐许？

贼莫大乎德有心而心有睫，及其有睫也而内视，内视而败矣！凶德有五，中德为首。何谓中德？中德也者，有以自好也而吡其所不为者也。

穷有八极，达有三必，形有六府。美、髯、长、大、壮、丽、勇、敢，八者俱过人也，因以是穷。缘循、偃侠、困畏，不若人，三者俱通达。知慧外通，勇动多怨，仁义多责。达生之情者傀，达于知者肖，达大命者随，达小命者遭。

人有见宋王者，锡车十乘。以其十乘骄稚庄子。

庄子曰：『河上有家贫恃纬萧而食者，其子没于渊，得千金之珠。其

父谓其子曰：「取石来锻之！夫千金之珠，必在九重之渊而骊龙颔下。子能得珠者，必遭其睡也。使骊龙而寤，子尚奚微之有哉！」今宋国之深，非直九重之渊也；宋王之猛，非直骊龙也。子能得车者，必遭其睡也；使宋王而寤，子为齑粉夫。」

或聘于庄子，庄子应其使曰：「子见夫牺牛乎？衣以文绣，食以刍叔。及其牵而入于大庙，虽欲为孤犊，其可得乎！」

庄子将死，弟子欲厚葬之。庄子曰：「吾以天地为棺椁，以日月为连璧，星辰为珠玑，万物为赍送。吾葬具岂不备邪？何以加此！」

弟子曰：「吾恐乌鸢之食夫子也。」

庄子曰：「在上为乌鸢食，在下为蝼蚁食，夺彼与此，何其偏也。」以不平平，其平也不平；以不徵徵，其徵也不徵。明者唯为之使，神者徵之。夫明之不胜神也久矣，而愚者恃其所见入于人，其功外也，不亦悲夫！



## 天下第三十三

天下之治方术者多矣，皆以其有为不可加矣。古之所谓道术者，果恶乎在？曰：「无乎不在。」曰：「神何由降？明何由出？」「圣有所生，王有所成，皆原于一。」

不离于宗，谓之天人；不离于精，谓之神人；不离于真，谓之至人。以天为宗，以德为本，以道为门，兆于变化，谓之圣人；以仁为恩，以义为理，以礼为行，以乐为和，熏然慈仁，谓之君子；以法为分，以名为表，以参为验，以稽为决，其数一二三四是也，百官以此相齿；以事为常，以衣食为主，以蕃息畜藏为意，老弱孤寡，皆有以养，民之理也。

古之人其备乎！配神明，醇天地，育万物，和天下，泽及百姓，明于本数，系于末度，六通四辟，小大精粗，其运无乎不在。其明而在数度者，旧法、世传之史尚多有之；其在于《诗》、《书》、《礼》、《乐》者，邹鲁之士、搢绅先生多能明之。其数散于天下而设于中国者，百家之学时或称而道之。

天下大乱，贤圣不明，道德不一。天下多得一察焉以自好。譬如耳目鼻口，皆有所明，不能相通。犹百家众技也，皆有所长，时有所用。虽然，不

该不遍，一曲之士也。判天地之美，析万物之理，察古人之全。寡能备于天地之美，称神明之容。是故内圣外王之道，暗而不明，郁而不发，天下之人各为其所欲焉以自为方。悲夫！百家往而不反，必不合矣！后世之学者，不幸不见天地之纯、古人之大体。道术将为天下裂。

不侈于后世，不靡于万物，不晖于数度，以绳墨自矫，而备世之急。古之道术有在于是者，墨翟、禽滑厘闻其风而说之。为之大过，已之大循。作为《非乐》，命之曰《节用》。生不歌，死无服。墨子泛爱兼利而非斗，其道不怒。又好学而博，不异，不与先王同，毁古之礼乐。黄帝有《咸池》，尧有《大章》，舜有《大韶》，禹有《大夏》，汤有《大濩》，文王有《辟雍》之乐，武王、周公作《武》。古之丧礼，贵贱有仪，上下有等。天子棺椁七重，诸侯五重，大夫三重，士再重。今墨子独生不歌，死不服，桐棺三寸而无椁，以为法式。以此教人，恐不爱人；以此自行，固不爱己。未败墨子道。虽然，歌而非歌，哭而非哭，乐而非乐，是果类乎？其生也勤，其死也薄，其道大觳。使人忧，使人悲，其行难为也。恐其不可以为圣人之道，反天下之心，天下不堪。墨子虽独能任，奈天下何！离于天下，其去王也远矣！

墨子称道曰：『昔者禹之湮洪水，决江河而通四夷九州也。名川三百，支川三千，小者无数。禹亲自操橐耜而九杂天下之川。腓无胈，胫无毛，沐甚雨，栉疾风，置万国。禹大圣也，而形劳天下也如此。』使后世之墨者，多以裘褐为衣，以跂跻为服，日夜不休，以自苦为极，曰：『不能如此，非禹之道也，不足谓墨。』

相里勤之弟子，五侯之徒，南方之墨者苦获、已齿、邓陵子之属，俱诵《墨经》，而倍谲不同，相谓别墨。以坚白同异之辩相訾，以觭偶不仵之辞相应，以巨子为圣人。皆愿为之尸，冀得为其后世，至今不决。

墨翟、禽滑厘之意则是，其行则非也。将使后世之墨者，必以自苦腓无胈、胫无毛，相进而已矣。乱之上也，治之下也。虽然，墨子真天下之好也，将求之不得也，虽枯槁不舍也，才士也夫！

不累于俗，不饰于物，不苟于人，不忮于众，愿天下之安宁以活民命，人我之养，毕足而止，以此白心。古之道术有在于是者，宋钘、尹文闻其风而

悦之。作为华山之冠以自表，接万物以别宥为始。语心之容，命之曰『心之行』。以聏合欢，以调海内，请欲置之以为主。见侮不辱，救民之斗；禁攻寝兵，救世之战。以此周行天下，上说下教，虽天下不取，强聒而不舍者也。故曰：上下见厌而强见也。

虽然，其为人太多，其自为太少，曰：『请欲固置五升之饭足矣。』先生恐不得饱，弟子虽饥，不忘天下。日夜不休，曰：『我必得活哉！』图傲乎救世之士哉！曰：『君子不为苛察，不以身假物。』以为无益于天下者，明之不如已也。以禁攻寝兵为外，以情欲寡浅为内。其小大精粗，其行适至是而止。

公而不当，易而无私，决然无主，趣物而不两，不顾于虑，不谋于知，于物无择，与之俱往。古之道术有在于是者，彭蒙、田骈、慎到闻其风而悦之。齐万物以为首，曰：『天能覆之而不能载之，地能载之而不能覆之，大道能包之而不能辩之。』知万物皆有所可，有所不可。故曰：『选则不遍，教则不至，道则无遗者矣。』




是故慎到弃知去己，而缘不得已。泠汰于物，以为道理。曰：『知不知，将薄知而后邻伤之者也。』謑髁无任，而笑天下之尚贤也；纵脱无行，而非天下之大圣；椎拍輐断，与物宛转；舍是与非，苟可以免。不师知虑，不知前后，魏然而已矣。推而后行，曳而后往。若飘风之还，若羽之旋，若磨石之隧，全而无非，动静无过，未尝有罪。是何故？夫无知之物，无建己之患，无用知之累，动静不离于理，是以终身无誉。故曰：『至于若无知之物而已，无用贤圣，夫块不失道。』豪桀相与笑之曰：『慎到之道，非生人之行，而至死人之理。适得怪焉。』

田骈亦然，学于彭蒙，得不教焉。彭蒙之师曰：『古之道人，至于莫之是、莫之非而已矣。其风窢然，恶可而言。』常反人，不见观，而不免于鲩断。其所谓道非道，而所言之韪不免于非。彭蒙、田骈、慎到不知道。虽然，概乎皆尝有闻者也。

以本为精，以物为粗，以有积为不足，澹然独与神明居。古之道术有在于是者，关尹、老聃闻其风而悦之。建之以常无有，主之以太一。以濡弱谦

下为表，以空虚不毁万物为实。关尹曰：『在己无居，形物自著。』其动若水，其静若镜，其应若响。芴乎若亡，寂乎若清。同焉者和，得焉者失。未尝先人而常随人。

老聃曰：『知其雄，守其雌，为天下溪；知其白，守其辱，为天下谷。』人皆取先，己独取后。曰：『受天下之垢』。人皆取实，己独取虚。『无藏也故有余』。其行身也，徐而不费，无为也而笑巧。人皆求福，己独曲全。曰：『苟免于咎』。以深为根，以约为纪。曰：『坚则毁矣，锐则挫矣』。常宽于物，不削于人，可谓至极。关尹、老聃乎，古之博大真人哉！

芴漠无形，变化无常，死与，生与，天地并与！神明往与？芒乎何之？忽乎何适？万物毕罗，莫足以归。古之道术有在于是者，庄周闻其风而悦之。以谬悠之说、荒唐之言、无端崖之辞，时恣纵而不傥，不以觭见之也。以天下为沈浊，不可与庄语。以卮言为曼衍，以重言为真，以寓言为广。独与天地精神往来，而不敖倪于万物。不谴是非，以与世俗处。其书虽瑰玮，而连犿无伤也。其辞虽参差，而諔诡可观。彼其充实，不可以已。上与造物者游，而下与外死生、无终始者为友。其于本也，弘大而辟，深闳而肆；其于宗也，可谓稠适而上遂矣。虽然，其应于化而解于物也，其理不竭，其来不蜕，芒乎昧乎，未之尽者。

惠施多方，其书五车，其道舛驳，其言也不中。历物之意，曰：『至大无外，谓之大一；至小无内，谓之小一。无厚，不可积也，其大千里。天与地卑，山与泽平。日方中方睨，物方生方死。大同而与小同异，此之谓「小同异」；万物毕同毕异，此之谓「大同异」。南方无穷而有穷。今日适越而昔来。连环可解也。我知天下之中央，燕之北、越之南是也。泛爱万物，天地一体也。』

惠施以此为大，观于天下而晓辩者，天下之辩者相与乐之。卵有毛；鸡三足；郢有天下；犬可以为羊；马有卵；丁子有尾；火不热；山出口；轮不蹍地；目不见；指不至，至不绝；龟长于蛇；矩不方，规不可以为圆；凿不围枘；飞鸟之景未尝动也；镞矢之疾，而有不行、不止之时；狗非犬；黄马骊牛三；白狗黑；孤驹未尝有母；一尺之

棰，日取其半，万世不竭。辩者以此与惠施相应，终身无穷。

桓团、公孙龙辩者之徒，饰人之心，易人之意，能胜人之口，不能服人之心，辩者之囿也。惠施日以其知与之辩，特与天下之辩者为怪，此其柢也。

然惠施之口谈，自以为最贤，曰：『天地其壮乎！施存雄而无术。』南方有倚人焉，曰黄缭，问天地所以不坠不陷、风雨雷霆之故。惠施不辞而应，不虑而对，遍为万物说。说而不休，多而无已，犹以为寡，益之以怪。以反人为实，而欲以胜人为名，是以与众不适也。弱于德，强于物，其涂隩矣。由天地之道观惠施之能，其犹一蚊一虻之劳者也。其于物也何庸！夫充一尚可，曰愈贵，道几矣！惠施不能以此自宁，散于万物而不厌，卒以善辩为名。惜乎！惠施之才，骀荡而不得，逐万物而不反，是穷响以声，形与影竞走也，悲夫！

（于建平　李兰芳　校订）